사랑하는
장면이
내게로 왔다

서이제
이지수

사랑하는
장면이
내게로 왔다

영화 바깥으로 이어지는 이야기

마음산책

사랑하는

장면이

내게로 왔다

영화 바깥으로 이어지는 이야기

1판 1쇄 인쇄 2023년 9월 20일
1판 1쇄 발행 2023년 9월 25일

지은이 | 서이제, 이지수
펴낸이 | 정은숙
펴낸곳 | 마음산책

편집 | 성혜현 · 박선우 · 김수경 · 나한비 · 이동근
디자인 | 최정윤 · 오세라 · 한우리
마케팅 | 권혁준 · 권지원 · 김은비
경영지원 | 박지혜

등록 | 2000년 7월 28일(제2000-000237호)
주소 | (우 04043) 서울시 마포구 잔다리로3안길 20
전화 | 대표 362-1452 편집 362-1451   팩스 | 362-1455
홈페이지 | www.maumsan.com
블로그 | blog.naver.com/maumsanchaek
트위터 | twitter.com/maumsanchaek
페이스북 | facebook.com/maumsan
인스타그램 | instagram.com/maumsanchaek
전자우편 | maum@maumsan.com

ISBN 978-89-6090-841-3 03810

* 책값은 뒤표지에 있습니다.

영화는 내게 또 다른 언어를 가르쳐주었다.

이미지를 통해 말하는 법을,

시선을 통해 말하는 법을,

침묵을 통해 말하는 법을 말이다.

　　　　　　계속 들고 싶은 이야기

2년 전 그날 나는 실수로 마스크 없이 집을 나섰다. 전철에서 읽으려고 챙겨둔 책도 깜빡했다. 신경이 온통 그날 저녁의 긴장되는 일정에 쏠려 있었던 탓이다. 사람들의 째려보는 듯한 눈빛을 받으며 트렌치코트 깃으로 입을 가리고 편의점에서 급히 마스크를 사서 꼈다. 그리고 해방촌으로 향했다. 어느 작은 서점 맞은편의 카페 창가에 자리를 잡고 앉아, 차를 한 잔 시켜두고 서점 출입구를 유심히 관찰했다. 30분 뒤 내가 북토크를 하게 될 곳이었다.

북토크의 진행자는 서이제 작가였다. 영화를 전공한 소설가라는 사실만 알고 있을 뿐 일면식도 없는 사이였다. 나는 그가 오는 타이밍에 맞춰 서점에 들어가려고 생각했다. 딱히 그래야 할 이유는 없었지만 왠지 그러고 싶었다. 눈에 잔뜩 힘을 주고 오가는 사람들을 관찰했으나(얼굴은 인터넷 검색을 통해 알고 있었다) 북토크 시작 시간이 임박할 때까지 나는 그의 모습을 포착할 수 없었다.

서점에 갔더니 그는 이미 도착해 있었다. 책상에 앉아 대본으로 보이는 종이에 무언가를 쓰고 있었다. 내 예상보다 더 이른 시간에 와서 준비하고 있었던 듯했다. 성실하고 차분한 분이구나. 그렇게 짐작했고 북토크를 하며 그 짐작은 확신으로 바뀌었다.

우리는 내가 번역한 『키키 키린의 말』에 관한 질문과 대답을 주고받았다. 질문지를 미리 받았던 터라 대답을 전부 준비해 갔으나 대화는 예상한 길로만 흘러가지는 않았다. 내 대답에 대한 서이제 작가의 말, 또 그에 대한 나의 질문이 오가는 가운데 예정된 시간이 금세 끝나버렸다. 나는 우리의 대화가 좀 더 이어지기를 바랐다. 더 정확히 말하자면 서이제 작가의 이야기를 언제까지고 계속 듣고 싶었다. 몇 시간이든, 며칠이든.

집으로 돌아와서도, 다음 날에도, 그 다음다음 날에도 그 생각이 머릿속을 떠나지 않아 북토크 자리에 함께 있었던 마음산책의 김수경 편집자(이 책 본문에 등장하는 'K 편집자')에게 문자를 보냈다. "서이제 작가님과 함께 영화에 관해 편지를 주고받는 책을 써보고 싶어요." 답신은 금방 왔다. "소름 돋아요! 저도 북토크 다음 날 편집팀에 두 분이 서간집을 내면 재미있을 것 같다고 이야기했거든요."

처음 생각했던 건 서간문 형식으로, 평범한 영화 팬인 내가 영화 전공자인 서이제 작가에게 이런저런 질문을 던져 답을 구하는 형태였는데, 진행 과정에서 원래 기획이 파기되어 지금과 같은 모습이 되었다. 같은 주제, 다른 영화로 서이제 작가와 내가 한 편씩 글을 썼고, 그것을 교환해 읽은 뒤 다음 글을 썼다. 실뜨기를 하듯이 책 한 권이 엮였다. 그러니까 이것은 그날 대화의 연장선상에 있는, 영화에 대해 우리가 나눈 아주 긴 이야기라고 할 수 있다. 서간문의 형식을 취하지 않았을 뿐 내가 상정한 내 글의 첫 번째 수신자는 언제나 서이제 작가였고, 그 점은 동경하지만 결코 해박하지 않은 분야(영화)에 대해 무언가를 쓴다는 두려운 마음을 아주 많이 진정시켜주었다. 아마도 내가 헛소리를 하면 서이제 작가가 지적해주리라는 믿음이 있었던 것 같다. (실제로는 서이제 작가가 너무 다정했던 덕에 지적은커녕 카카오톡으로 하트만 잔뜩 받았다. 그러므로 나의 글에는 상당 분량의 헛소리가 포함되어 있을지도 모른다.)

서이제 작가는 「그래도 아름다워」에서 필름 캔을 품에 안아본 기억이 있다고 썼다. 차갑고, 묵직했고, 시큼한 냄새도 났다고 한다. 내버려두면 흘러가 사라져버릴 순간을 그러모아 프레임에 새기는 영화와, 내버려두면 흘러가 사라져버릴 생각을 문자로 종이에 고정하는 책은 서로 닮은 데가 있다. 제본소에서 갓 넘겨받은 책은 온기가 있고, 묵직하고, 잉크 냄새가 난다. 물론 품에 안아볼 수도 있고, 원한다면 여러 번 반복해서 읽을 수도 있다. 그 견고한 물성은 나를 안심시킨다. 혼자 있어도 혼자가 아니라는 느낌마저 준다. 이제 나는 서이제 작가의 영화 이야기가 듣고 싶을 때 언제든 책만 펼치면 되는 것이다. 그러니 책을 함께 쓰자고 제안했을 때의 목적은 충분히 달성했다고 말할 수 있다.

우리가 1년여에 걸쳐 나눈 이야기를 이제 당신에게 건넨다. 이 안에는 영화에 관한 기억, 영화관에 관한 기억, 영화와 얽힌 사람들에 관한 기억이 있다. 우리의 기억들이 당신 안의 영화와 관련된 기억과 이어져 확장되는 광경을 상상해본다. 언젠가 당신의 이야기를 듣는 우리를 상상해본다. 그 또한 우리가 언제까지고 계속 듣고 싶은 이야기가 될 것이다.

마지막으로, 서이제 작가와 내가 책 한 권 분량의 글을 주고받는 기나긴 과정을 처음부터 끝까지 함께해준 김수경 편집자가 없었다면 이 책은 세상에 나오지 못했을 것이다. 그는 서이제 작가와 내가 단톡방에 원고를 전송할 때마다 세심한 피드백과 과분한 격려로 우리를 이끌어줬다. 덕분에 1년 동안 지치지 않을 수 있었다. 머리 숙여 감사를 전한다.

2023년 가을
이지수

차 례

각자 혼자 함께

나는 이 도시를 사랑하게 되었다

최고로, 제일, 가장

마침내 헤어질 결심

당신을 위한 영화

과거는 영화의 앞뒤에 달라붙어 하나의 흐름을 이룬다.
거기에는 대체로 무채색인 인생에서
특정 장면만 선명하게 채색되어 떠오르는 작은 기적이 있다.

처음이라는 특별한 의미

뭐야, 별거 아니잖아? 서이제

만약 내가 100년 전에 죽었다면 나는 영화를 보지 못했을지도 모른다. 영화는 1895년 프랑스에서 탄생하여 고작 100년의 역사를 지니고 있으니까. '다행히' 영화가 나보다 훨씬 먼저 태어났기 때문에 나는 줄곧 영화가 존재하는 세상에서 살 수 있었다. 그 사실을 행운으로 여긴다. 얼마 전에는 강의자료를 준비하면서 아바스 키아로스타미의 영화들을 다시 살펴보았고, 역시나 영화가 존재하는 시대에 살아서 다행이라는 생각을 했다.

언젠가 장뤼크 고다르는 말했다. "영화는 데이비드 그리피스에서 시작해서 아바스 키아로스타미로 끝난다"라고. 그리고 그렇게 말한 장뤼크 고다르도 아바스 키아로스타미도 더 이상 이 세상에 없다. 어떤 사람들은 말한다. 이제 영화의 시대는 끝났다고. 내 친구들은 장난스럽게 말한다. 이제 영화 좋아하면 나이 든 거라고. 나는 가끔 영화가 사라진 세상을 상상했다. 그러니까 거대한 인류의 역사에 고작 100년에서 200년 정도 잠시 존재했던 예술이 될지도 모른다고. 영화는 정말 이대로 끝인가? 이따금 나는 생각하고, 그렇게 생각하기 때문에 영화가 지속될 것이라고 믿는다. 사라짐을 상상한다는 것은 언제나 사랑의 증거가 되었으니까.

영화에 대한 수많은 정의와 무관하게, 최근에 나는 영화가 무엇인지에 대해 다시 고민하기 시작했다. 어디까지 영화이고 어디까지 영화가 아닌지, 영화는 무엇이었고 무엇이 될 수 있는지, 내가 생각하는 영화는 무엇인지. 물론 나는 영화비평가도 이론가도 아니지만, 영화를 사랑하기 때문에 괜히 그런 생각을 하게 되는 것이다. 매일같이 쏟아져 나오는 콘텐츠의 홍수 속에서 영화가 '영화'라는 이름으로 살아남기를 바라면서.

태어났을 때부터 영화는 늘 내 곁에 있었기 때문에 인생의 첫 영화를 떠올리는 건 쉽지 않았다. 인간은 유아기를 기억하지 못하니까. 유년기를 선명하게 떠올릴 수 없으니까. 나의 첫 영화는 내 기억보다 오래되었다. 아마 나는 '영화'라는 말도 모른 채, 그것이 무엇인지도 모른 채, 그것을 처음 보게 되었을 것이다.

어릴 직 우리 집 거실에는 항상 TV가 켜져 있었고, 나는 TV를 통해 수많은 이미지를 접할 수 있었다. 광고, 만화, 예능, 뉴스, 드라마 등 가리지 않고 보았다. 김건모의 코코 팜 광고, 이휘재의 〈인생극장〉, 그리고 매일 TV에 나오는 백발 할아버지. 도대체 저 사람은 누군데 매일 TV에 나오지? 그는 늘 의문의 대상이었는데, 지금 돌이켜보면 아마 김영삼 대통령이었던 듯하다. 여하튼 그때 보았던 수많은 이미지가 아직까지 잔상으로 남아 있다. 영화 또한 TV를 통해 처음 보게 되었을 가능성이 높지만, 그게 어떤 영화였는지는 영원히 알 수 없을 것이다.

네 살 때였나. 엄마는 "우리 아가는 '돗보 지죠'를 좋아해. 맨날 돗보 지죠 보여달라고, 돗보 지죠, 돗보 지죠 이랬어"라고 말했고, 그때 나는 생각했다. '엄마가 왜 이러지? 돗보 지죠가 뭐지? 나는 돗보 지죠가 뭔지 모르는데, 엄마는 왜 나만 보면 돗보 지죠 이야기를 할까?' 엄마 말에 따르면, 나는 쥐가 나오는 그 애니메이션을 엄청 좋아했다고 한다. 말도 몇 마디 할 줄 몰랐는데, 항상 "돗보 지죠!"를 입에 달고 다녔다나. 훗날 찾아보니, 그 영화는 무려 이치카와 곤 감독의 1967년 작품이었다. 〈돗보 지죠의 단추전쟁〉, 내가 이걸 봤다고?

한편, 〈은하철도 999〉를 보고 큰 감명을 받은 나는 매일 커튼 뒤에 숨어서 크리스마스에 메텔 인형을 선물해달라고 기도했다. 또 〈사탄의 인형〉도 즐겨 보았다. 아빠는 내게 항상 '처키' 같다고 말했고 나는 그 말을 은근히 즐겼다. 이후에는 〈인디아나 존스〉 〈빽 투 더 퓨처〉 〈타이타닉〉과 같은 할리우드영화들도 접하게 되었다. 나는 항상 영화를 보고 있었지만, 그때까지만 해도 내가 영화를 좋아한다는 생각은 하지 못했다.

초등학교 때는 내가 좋아하는 영화에 대해 처음으로 생각하게 되었다. 여러 가지 질문에 답을 하는 과제가 주어졌는데, 그중 영화에 관련된 내용이 있었기 때문이다. 아마 내가 영화에 대해 받았던 첫 질문일 것이다. 나는 고심 끝에 두 편의 영화를 적었다. 이명세 감독의 〈인정사정 볼 것 없다〉와 류승완 감독의 〈죽거나 혹은 나쁘거나〉. 내가 한국영화 광이었나? 왜 한국영화만 적었는지는 잘 모르겠다. 어쨌든 내가 쓴 목록을 본 엄마는 소스

라치게 놀라며, 이건 어린이가 보는 영화들이 아니라고 했다. 엄마는 다급히 두 영화제목을 지우면서 〈뮬란〉과 〈라이온 킹〉을 적으라고 했다. '아니라고, 아니라고. 지금 내 인생은 죽기니 흑은 나쁘거나 인정사정 볼 것 없다고……!' 엄마에게 외치고 싶었지만, 결국에는 따뜻하고 감동적인 애니메이션 두 편을 적어 갔다. 그러나 이제는 엄마 마음을 이해한다.

그로부터 얼마 지나지 않아, 사촌 언니와 함께 처음으로 극장에 갔다. 시내에 있는 조명이 화려한 극장이었다. 사촌 언니와 나는 함께 다니면 엄마와 딸로 오해받을 정도로 나이 차이가 많이 났다. 그때 언니는 이미 성인이었다. 그날 그곳에서 우리는 〈해리 포터와 마법사의 돌〉을 봤다. 사실 나는 영화보다 극장이라는 공간에 매료되었다. 영화가 상영되는 동안에도 극장 곳곳을 살펴보았다. 극장 벽이나 좌석, 입구나 난간, 스피커, 영사기 등. 적당한 어둠이 나를 감싸주고 있었다. 포근했다. 언니는 영화가 상영되는 도중에 갑자기 내게 팝콘과 오징어를 더 먹고 싶냐고 물었는데, 나는 별로 먹고 싶지 않았지만 무슨 이유에서인지 그렇다고 답했다. 언니는 팝콘과 오징어를 더 사 오겠다며 잠시 상영관을 나갔다. 나 때문에 언니가 나갔네. 언니는 영화 중간 부분을 못 보게 되었구나. 언니에게 미안한 마음이 들었다.

'해리 포터 시리즈'와 같이, 아이의 성장을 다루는 영화에는 항상 친구들이 나온다. 주인공은 언제나 친구들과의 모험을 통해 성장한다. 나는 마치 영화 속 주인공처럼, 친구와 함께 극장으로의 모험을 떠나기도 했다. 어른의 도움 없이 친구와 둘이서 극장에 가는 건, 당시 우리에게는 모험과도 같았다. 우리는 버스를 타고 시내로 향했다. 친구와 함께여서 두렵지 않았고 극장을 찾는 것도 어렵지 않았다. 그때 우리가 보았던 영화는 전만배 감독의 〈피아노 치는 대통령〉이었다. 안성기 배우가 대통령으로 나오는 영화였다. 나는 안성기가 대통령 역할이 가장 잘 어울리는 배우라고 생각했다.

처음으로 극장에서 혼자 본 영화는 〈캐리비안의 해적: 세상의 끝에서〉였다. 당시 나는 고등학생이었는데, 친구들은 시험기간이라서 극장에 갈 수 없다고 했다. 나 역시 시험기간에 영화를 보러 가는 게 부담이 되긴 했지만, 그래도 그렇게 영화를 놓칠 순 없었다. 결국 혼자서 극장에 갔다. 극장에서 혼자 영화를 보는 일은 내게 쉽지 않았다. 모두가 나를 쳐다보는 것 같아서 신경이 쓰였다. 아마 내가 '혼자' 극장에 왔다는 사실에 너무도 집중했기 때문이었을 것이다. 더군다나 옆 좌석에 앉았던 관객은 비염이 있는지, 계속 코를 훌쩍거렸다. 영화를 보는 내내 여러모로 굉장히 불편했는데, 이상하게도 극장을 나오니 기분이 상쾌했다. 영화는 그리 만족스럽지 않았지만, 혼자 처음으로 극장에서 영화를 봤다는 사실이 나를 기쁘게 했다. 뭐야, 별거 아니잖아? 그날 집으로 돌아가면서 생각했다. 내가 보고 싶은 걸 보고 하고 싶은 걸 하려면 늘 친구와 함께할 순 없다고. 물론, 친구와 함께할 수 있다면 좋겠지만 늘 그럴 수는 없다고. 원하는 바가 있고 그것을 하기 위해서는 혼자 실행할 줄도 알아야 한다고. 지금 돌아보면 혼자 영화를 보는 건 그리 어려운 일도 아닐뿐더러, 그렇게 비장한 다짐을 할 일도 아니었지만. 어쨌든 그 후 나는 영화를 보는 일뿐만 아니라 많은 일을 혼자 할 수 있게 되었다.

내 인생의 첫 영화에 대한 글을 쓰면서, 나는 '첫 번째'가 단 한 번의 순간이 아님을 알게 되었다. 처음 본 영화, 처음 극장에서 본 영화, 처음 친구와 극장에서 본 영화, 처음 혼자서 극장에서 본 영화 등 인생에는 무수히 많은

'처음'이 존재한다. 그리고 '처음'은 특별한 의미를 갖는다. 마치 첫사랑이 그렇듯.

조금 다른 이야기지만, 사실 나는 내 첫사랑이 누군지 잘 모르겠다. 첫사랑이 뭔지도 잘 모르겠다. 지금껏 내가 누굴 사랑하긴 했는지도 의심스럽다. 당시에는 사랑한다고 믿었는데, 또 시간이 지나고 보면 모든 게 허상처럼 느껴졌기 때문이다. 그저 나는 어떤 감정에 도취되었고, 그 감정에 도취된 나 자신을 사랑한 것뿐이었을까. 그러나 분명한 건, 지금껏 내 인생에서 '첫 번째'라는 특별한 의미를 부여하고 싶었던 사람이 없었다는 것이다.

반면 처음으로 본 영화는 아니지만, '첫 번째'라는 특별한 의미를 두고 싶은 영화가 있다. 바로 이와이 순지의 〈하나와 앨리스〉인데, 공교롭게도 이 영화는 첫사랑에 관한 이야기다. 나는 이 영화를 보고 영화가 무엇인지 알고 싶어졌다. 영화를 즐겨 보면서도 그동안 한 번도 해본 적 없는 생각이었다.

〈하나와 앨리스〉는 중학교 2학년 때 집에서 비디오로 보았다. 사실은 보는 내내 다소 지루하다는 감상이 들었고, 심지어 마지막에는 거의 쓰러져 잠들 뻔했다. 그런데 이상하게도 그 느낌이 좋았다고나 할까. 그대로 잠이 들어도 좋을 것만 같은 편안한 느낌을 주는 영화였다. 그때까지 내가 보았던 영화들과는 뭔가 다르다고 느꼈다.

이후 나는 이 영화의 이미지에 푹 빠져 있었다. 아무리 다른 생각을 하려고 해도 영화에서 봤던 이미지가 자꾸만 어른거렸다. 그 이미지를 정확히 확인하려고, 몇 번이나 집요하게 영화를 돌려 보았다. 인터넷에 떠도는 스틸컷도 죄다 모았다. 영화 속 이미지를 모조리 가지고 싶었다. 돌이켜보면, 그때부터 나는 이미지를 욕망하기 시작했던 것이다.

어떤 의미에서 이와이 슌지는 내 인생 첫 번째 영화감독이었다. 나는 그가 만든 영화를 다 보고 싶어서 내가 아는 모든 방법을 동원해 그의 영화를 구했다. 초기작부터 최신작까지. 〈릴리 슈슈의 모든 것〉을 처음 보았을 때는 그 영화의 가치를 알지 못했다. 사실 내용조차 제대로 파악하지 못했다. 그러나 그래도 봤다. 세 달 동안 매일. 내가 좋아하는 감독이 찍은 영화였으니, 반드시 이 영화를 이해하고야 말겠다는 각오로 말이다. 결국 나는 이미지를 통해 무언가를 표현할 수 있다는 사실을 알게 되었다. 촬영과 조명, 색과 질감, 인물의 표정과 움직임은 내게 너무도 명백한 언어였다. 당시에는 '미장센'이란 말은 몰랐지만, 그것이 무엇인지는 본능적으로 이해하고 있었다. 영화를 만들고 싶어졌다.

대학에 들어가서야 처음으로 영화를 찍게 되었다. 그리고 영화를 찍는 일이 결코 쉽지 않다는 사실을 실감했다. 일단 시나리오를 쓰는 일부터가 쉽지 않았다. 영화로 찍을 만한 소재나 이야기를 떠올리는 건 어렵지 않았지만, 그것을 텍스트로 옮기는 건 전혀 다른 문제였다. 도대체 무슨 일인지, 쓰려고 하는 순간부터 한 문장도 제대로 쓸 수가 없게 되어버렸으니까.

"책상 앞에 앉아 있었지만 아무것도 쓰지 못했다."

나의 첫 영화의 첫 번째 대사다. 짧은 분량의 16밀리미터 필름 영화였다. 소설가 이야기였는데 원래부터 그런 이야기를 쓰려고 했던 건 아니었다. 당시 나는 영화를 찍기 위해 시나리오를 써야 했지만, 시나리오 마감일 하루 전까지 아무것도 쓸 수 없었다. 정말로 아무것도 쓸 수 없어서, 그때 내 상황 그대로 '책상 앞에 앉아 있었지만 아무것도 쓰지 못했다'라고 썼다가, 그 문장을 지우지 않고 얼떨결에 시나리오를 완성하게 되었다.

마치 내가 얼떨결에 쓴 시나리오처럼, 훗날 나는 얼떨

결에 소설가가 되었다. 그 영화를 찍을 때까지만 해도, 내가 소설가가 될 줄은 몰랐다. 나뿐만 아니라, 그 누구도 내가 소설가가 될 것이라고 생각하지 못했을 것이다.

나는 이따금 내가 만든 첫 영화 속 주인공이 된 것만 같다. 여전히 오랫동안 아무것도 쓰지 못할 때가 많기 때문이다. 그리고 나는 오랫동안 아무것도 쓸 수 없을 때 '아무것도 쓸 수 없다'라고 첫 문장을 시작한다.

어떤 영화는 이런 식으로도 특별해진다　　이지수

　태어나 처음 극장에서 본 영화는, 내 기억이 맞는다면
〈영구와 땡칠이〉다. 1989년에 개봉한 영화니까 당시 나는
여섯 살이었을 것이다. 어른들은 나와 사촌들만 상영관에
남겨둔 채 밖으로 나가버렸고, 우리는 좌석이 이미 만석
이었던 탓에 서늘한 콘크리트 바닥에 앉아서 영화를 봤
다. 지금 그 순간을 떠올리면 영화의 내용이 아니라 영화
를 보며 먹었던, 캔디바의 하얀 부분에서 풍기는 달착지
근한 우유향과 끈적한 손이 생각난다. 그래서 〈영구와 땡
칠이〉는 나에게 캔디바의 느낌으로만 기억된다.
　처음으로 '혼자' 극장에 가서 본 영화는 〈야반가성〉이
다. 무슨 사정이 있었는지 나는 영화 시작 시간보다 조금
늦게 숨을 헐떡이며 극장에 도착했다. 중학교 하복을 입

고 있었던 것도 생각난다. 상영관 뒷문의 벨벳 커튼을 젖혔더니 세피아 톤 스크린이 눈앞에 펼쳐졌다. 그 안에서는 마차가 먼지 나는 비포장도로를 가로지르고 있었다. 다른 관객들의 눈치를 보니 빈자리를 찾아 앉았고, 다음 회차가 상영될 때도 그 좌석에 그대로 앉아 아까 놓친 부분까지 챙겨 본 후 극장을 나왔다.

그때만 해도 영화관은 지정 좌석제가 아니었고 직원도 영화가 끝난 후 관객들이 다 나갔는지 일일이 확인하지 않았다. 요컨대 시간이 많고 들키지만 않으면 하루에 표 한 장으로 같은 영화를 몇 번이고 다시 볼 수 있었던 것이다. 그나저나 그렇게 헐레벌떡 달려가 놓친 부분까지 다시 봤다면 그 당시의 나에게 의미가 무척 컸던 영화일 텐데, 이제 와 생각나는 건 초반의 마차 장면과 송단평(장국영 분)이 염산 테러를 당해 일그러진 얼굴로 노래하는 신밖에 없다.

처음으로 비디오방에서 본 영화는 〈고양이를 부탁해〉다. 당시 나는 스무 살이었고 인생 첫 데이트를 하는 중이었다. 맹렬히 좋아하던 애가 내 옆에 있었는데 영화를 보다가 그 애가 먼저 내 어깨에 머리를 기댔다. 허허, 이것 봐라? 싶어서 그다음엔 내가 그 애의 어깨에 머리를 기댔다. 그 애 머리에 내 머리를 포개어 얹었던 것 같기도 하다. 그날 영화를 보기 전 밥은 김밥천국에서 먹었고, 밤에 헤어지기 전에는 내가 살던 고시원 앞마당에서 귤을 나눠 먹었던 것까지 기억에 생생한데 영화의 내용만은 머릿속에서 깨끗이 휘발되어버렸다. 하긴, 첫사랑의 머리를 어깨에 얹고 영화를 제대로 감상하기란 꽤나 어려운 일이었을 것이다.

심야 영화도 스무 살 때 처음 봤다. 당시에는 자정부터 이른 아침까지 연달아 영화 세 편을 감상할 수 있는 만 원짜리 프로그램이 존재했는데, 그걸로 보겠다고 대학 동기들과 안암동에서 코엑스 메가박스까지 그 먼 길을 기껏 달려가서는 첫 영화부터 꿀잠을 자버렸다. 눈을 떴을 때는 고깔모자를 쓴 샘(숀 펜 분)이 어눌한 발음으로 주위 사람들에게 딸 루시(다코타 패닝 분)가 오면 '서프라이즈!'를 외쳐달라고 부탁하고 있었다. 나는 그때 서프라이즈 생일 파티의 주인공인 루시만큼이나 어안이 벙벙했다. 스크린 안에서 무슨 일이 벌어지는 중인지 알 수가 없었기 때문이다. 그것은 세 번째 영화인 〈아이 엠 샘〉의 중반부였고(그래서 앞서 상영된 두 편이 무슨 내용이었는지는 알 수 없었다), 나는 그 뒤로도 자다 깨다를 반복하다

집으로 돌아왔다. 가성비만 따지다가는 망할 수도 있다는 중요한 인생 교훈을 얻은 순간이었다.

일본의 영화관에서 처음 본 건 영어권 영화였다. 제목은 잊어버렸지만 귀로는 영어를 듣고 눈으로는 일본어 자막을 쫓아가느라 내용의 반도 이해하지 못했던 건 생각난다. 그 외의 정황은 의외로 자세히 기억에 남아 있다. 아르바이트 동료와 함께 갔고, 수요일이라서 우리는 영화표를 할인받았으며(여성에게만 수요일에 할인을 해주는 제도가 있었다), 돌아오는 길에 그대로 헤어지기 아쉬워서 맥주라도 한잔하자고 청했는데 그 친구가 몇 초 망설인 끝에 굉장히 미안한 표정으로 여윳돈이 없다고 말했던 것. 칼같이 더치페이를 하는 문화가 있는 이 나라에서 술은 내가 살게, 하고 제안하는 것이 실례일지 아닐지 고민이 되어 나 역시 몇 초 망설이다가 그냥 잘 가라고 손을 흔들었던 사거리의 풍경까지.

그러니까 나는 나의 모든 '첫' 영화를 제대로 기억하지 못하는 셈이다. 솔직히 말해 그에 얽힌 정황들에 대해서도 100퍼센트 정확하다고 자신할 수 없다. 〈영구와 땡칠이〉를 보며 먹었던 건 캔디바가 아니라 밀키스였을 수도 있다. 중학교 하복을 입고 본 것으로 철석같이 믿어온 〈야반가성〉은 찾아보니 초등학교 6학년 겨울방학 때 개봉한 영화였다. 〈고양이를 부탁해〉는 고등학교 친구들과 함께 봤던 것 같기도 하다. 내가 분명한 기억이라고 여겨온 것들, 영화관으로 달려가던 길과 곁에 있었던 사람, 그때의 분위기와 옷차림과 날씨 같은 건 내가 그 순간을 머릿속에서 수차례 리플레이하는 도중에 자의적으로 편집해버린 과거일 수도 있다. 높은 확률로 그럴 것이다.

그럼에도 불구하고 나는 한밤중에 심야 영화를 보려고 텅 빈 코엑스를 즐겁게 걸어가는 나와 동기들을, '혼자 영화 보러 가는 어른스러운 나 자신'에 살짝 도취되어 내달렸던 하굣길을, 그렇게 달려간 낡은 영화관의 자주색 벨벳 커튼을, 친구에게 술을 사겠다고 말할까 말까 망설였던 스테이크 가게 앞 사거리를 어제 본 풍경처럼 내 안에서 되살려낼 수 있다. 자의적으로 편집한 과거는 영화의 앞뒤에 달라붙어 하나의 흐름을 이룬다. 나는 이 흐름을 복기하는 순간이 좋다. 거기에는 대체로 무채색인 인생에서 특정 장면만 선명하게 채색되어 떠오르는 작은 기적이 있다. 그리고 그건 본 영화의 내용을 족족 까먹어버리는 나 같은 사람도 취미는 영화 감상이라고 말할 수 있는 근거가 된다.

나의 첫 영화인 〈영구와 땡칠이〉는 정식 서비스 중인 OTT 플랫폼이 없어서 다시 보지 못했지만, 〈야반가성〉은 이 글을 쓰기 위해 다시 봤다(왓챠에 있었다). 기대에 차서 기왕이면 제대로 보려고 프로젝터로 영화를 틀었는데 여러모로 당황스러웠다. 하교 후 혼자 영화관으로 달려가서 볼 정도의 작품이라면 명작 중의 명작이었을 거라고 멋대로 착각해온 탓이다. 지금 보니 의아한 장면이 속출했다.

영화의 줄거리는 다음과 같다. 1936년, 어느 극단의 단원인 위청(황뢰 분)은 폐허가 된 극장에서 공연을 준비하던 중 관리인으로부터 그곳에 얽힌 비극적인 사연을 듣는다. 그 극장은 10년 전 천재 배우 송단평이 지었는데, 그에게는 사랑하는 연인 두운언(오천련 분)이 있었다. 부유한 운언의 부모는 운언과 고위 관리의 아들을 맺어주려 했는데, 운언이 몰래 단평을 만나는 사실을 알고 방에 가둬버린다. 이에 운언은 몸종 소화를 통해 단평에게 편지를 전달하여 사랑의 도피를 시도하나 허무하게 실패한다. 그날 극장에는 큰불이 나고, 단평은 괴한에게 염산 테러를 당해 일그러진 얼굴로 불타버린 극장에 숨어 살게 된다. 운언은 고위 관리의 아들과 결혼했다가 '처녀'가 아니라는 이유로 쫓겨난 후, 단평이 죽었다는 소식을 듣고 실성해버린다. 그 후 10년 동안 극장에서 슬픔에 찬 노랫소리가 흘러나와 귀신이 산다는 소문이 퍼진다…….

말하자면 〈로미오와 줄리엣〉에 〈오페라의 유령〉을 끼얹은 애절한 러브 스토리인 셈이다. 어린 시절의 나라면 눈물을 훔치며 극장 문을 나섰을 수도 있다. 그러나 지금의 나는 운언과 단평이 밀회를 즐길 때 바깥에서 추위에 벌벌 떠는 소화가 너무 신경 쓰인다. 고작 미제 초콜릿 따위에 넘어가 위청에게 극장에 얽힌 비밀을 술술 털어놓은 뒤 "젊은이, 이게 전부네. 이젠 귀찮게 굴지 마" 하며 떠나버리는 극장 관리인이 NPC(Non Player Character의 약자로, 롤플레잉게임에서 플레이어에게 점수를 주거나 배경을 설명하기 위해 등장하는 캐릭터)가 아닌가 하는 의문을 지울 수 없다. 갇혀 있던 방에서 탈출한 지 30초 만에 붙잡힌 운언과 소화의 도주 계획이 너무나 어설퍼서 견딜 수 없다(인생을 건 도주인데 문지기한테 술을 많이 먹이는 것 말고는 진정 다른 전략이 없었단 말인가?). 운언의 정략결혼 상대가 첫날밤 '붉은 것'을 못 봤다는 이유로 운언을 마구 때릴 때는 시대

보정이고 뭐고 그냥 프로젝터 화면을 꺼버리고 싶었다.

영화는 내 머릿속에 잔뜩 떠오른 물음표를 해소시켜 주지 못한 채 끝났다. 〈야반가성〉은 지금의 나로서는 명작이라고 말하기 힘는 영화였다. 하지만 '다시 보니 별로네'라는 말로 간단히 감상을 정리할 수 없는 마음도 분명 존재한다. 이 영화는 그날의 숨 가빴던 하굣길, 상영관 뒷문에 걸린 벨벳 커튼의 감촉, 세피아 톤 스크린을 마주했을 때의 설렘, 직원 몰래 영화를 한 번 더 봤을 때의 떨림과 하나가 되어 내 마음속 '특별한 영화' 폴더에 이미 저장 완료 되었기 때문이다. 감독이 웃으라고 하면 웃고 울라고 하면 우는 게 가능한 나이에 봤던 것도 그 특별함에 무게를 더하는 데 한몫했다. 그리고 우리 단톡방에서 첫 영화를 주제로 오간 메시지들, 오후 5시의 석양으로 붉어진 거실 벽, 그 벽에 떠오른 지금은 세상에 없는 아름다운 장국영, 그런 것도 이제는 이 영화를 구성하는 풍경 중 하나가 되었다. 명작인지 아닌지를 떠나, 어떤 영화는 이런 식으로도 특별해진다.

두 번 째 만 남

다시는 볼 수 없을 사람에게

서이제

한때 지인들의 인스타그램 스토리에 영화 이미지가 자주 올라왔다. "어릴 때 가장 여러 번 반복해서 본 영화들이 그 사람을 가장 잘 설명한다"라는 설명과 함께. 나도 한번 올려볼까 했지만 차마 그러지 못했다. 어릴 때 내가 가장 많이 반복해서 본 영화는 '사탄의 인형 시리즈'였는데, 처키 사진을 올렸다가는 사람들이 '팔로우'를 끊어버릴 것만 같았기 때문이다. 피와 폭력이 난무하는, 기괴하고 자극적인 이미지들로 가득한 공포영화. 도대체 나는 어떤 유년기를 보냈던 걸까. 나는 정말 괜찮은 걸까. 그때는 왜 그 영화가 유난히 좋았을까. 그 영화가 내게 준 영향들을 생각해보았다.

〈사탄의 인형〉은 살인마의 영혼이 귀여운 처키 인형

안에 들어가면서 벌어지는 일들을 그린 영화다. 어린 시절에 이 영화를 꽤나 무섭게 보았는데, 특히 처키 몸 안에 있는 영혼을 눈으로 볼 수 없다는 사실이 섬뜩하다고 느꼈다. 처키와 싸우고 있는 어른들의 모습이 허상을 향해 헛발질을 하고 있는 것만 같았다. 도대체 그들은 누구와 싸우고 있는 것일까. 눈으로 보고 있는 것이 전부가 아니라는 사실을 어렴풋이 깨달았다. 그뿐만 아니라, 처키가 자신의 악행을 숨기기 위해 선한 아이의 표정을 짓고 있다는 점, 처키와 똑같은 표정을 짓고 있는 인형이 공장에서 지속적으로 대량생산되고 있다는 점이 내게는 큰 공포였다. 포디즘과 같은 생산시스템에 종속되는 것에 대한 두려움. 공산품에 대한 불쾌한 감정. 몰개성, 남들과 똑같아지는 것에 대한 두려움. 이제 와 돌이켜보면, 이 영화가 건드리고 있는 지점들은 내가 오랫동안 두려워했던 것들과 맞닿아 있다.

조금 더 자라서는 구로사와 기요시와 쓰카모토 신야의 영화들을 즐겨 보았다. 어린 시절 〈사탄의 인형〉을 자주 본 탓인지는 모르겠으나, 나는 꽤 오랫동안 공포영화나 기괴한 느낌의 영화들을 좋아했다. 그리고 내게는 공포영화를 이야기할 때 가장 먼저 떠오르는 일화가 하나 있다.

고등학교 1학년 때 친구와 처음 부천국제영화제에 갔다. 친구가 먼저 제안한 것으로, 우리가 함께 봤던 영화는 곽재용 감독의 〈싸이보그 그녀〉였다. 우리는 딱 한 편의 영화를 보고 돌아왔는데, 그때의 기억이 좋게 남아 매년 영화제에 가고 싶다는 생각이 들었다. 여름방학 기간에 열리는 행사이기도 했고, 부천은 부산이나 전주에 비해 지리적으로 가까워 마음만 먹으면 매년 방문할 수 있었으니까.

이듬해, 나는 2박 3일 일정으로 부천국제영화제에 다녀올 계획을 세웠다. 홈페이지에 들어가 표를 예매하고 영화관 주변의 음식점들을 알아두었다. 잠은 영화관 근처에 있는 찜질방에서 잘 계획이었다. 내 계획은 완벽했다. 적어도 첫째 날 저녁까지는 그랬다. 그날 밤, 영화를 다 보고 나와 잠을 자기 위해 찜질방으로 향했는데 출입을 거부당했다. 미성년자는 숙박이 불가능하니 다른 곳을 알아보라고 했다. 나는 낙담하지 않고 근처에 있는 다른 찜질방으로 향했다. 다행히 찜질방이 많았다. 그러나 다른 찜질방에서도 똑같은 이유로 숙박이 거부되었다.

거기서도 포기하지 않고 갈 수 있는 찜질방은 모두 찾아 갔다. 다리가 아프고 가방이 점점 무겁게 느껴졌다. 가방 속에는 3일 동안 내가 입을 옷이 들어 있었다. 도대체 몇 군데나 돌아다녔던 것인지. 마지막으로 갔던 찜질방에서 겨우 알게 되었다. 부천 전역이 그렇다고.

청주에서는 종종 친구들과 함께 찜질방에서 잤던 기억이 있었다. 찜질도 하고, 식혜랑 맥반석 계란도 먹고, 그렇게 즐거운 시간을 보냈는데 말이다. 지역마다 규정이 달랐던 것인지는 모르겠으나, 어찌 되었건 부천은 미성년자 숙박이 금지되어 있다고 했다. 찜질방에서 발걸음을 돌리며 등골이 서늘해졌다. 이제 어떻게 해야 하지? 낯선 타지에서 잘 곳을 잃다니. 그렇다고 다 포기하고 청주로 돌아갈 수도 없었다. 시간이 늦어 버스가 없었기 때문이다.

도움을 요청할 사람이 필요했다. 나는 일단 부천시청에 가기로 했다. 그곳에 가면 도와줄 사람이 있겠지 싶었던 것이다. 실제로 그랬는지는 모르겠으나, 당시 내게는 그곳이 영화제 본부처럼 느껴졌다. 영화관은 이미 문을 닫은 상태이기도 했고.

다행히 부천시청은 늦은 시간까지도 불이 켜져 있었

다. 사람들도 제법 있었다. 나는 티켓판매 부스로 가서 도움을 요청했다.

"저기요, 제가 고등학생인데요." 내 사정을 말하자 다들 당황하는 눈치였다. 그때 한 남성이 부스 앞으로 나와 내 말을 진지하게 들어주었다. 얼굴은 정확하게 기억나지 않지만, 키가 컸고 안경을 쓰고 있었다. 그는 내 말을 다 들은 후, 윗선에 보고를 해보겠다며 무전기로 누군가에게 연락을 취했다. 그는 무전기를 들고, 나를 대신해 내 사정을 잘 이야기해주었다. 잘 곳을 구할 수 있을까. 간절한 눈으로 그를 바라보았다. 그러나 끝내 원하는 답을 받을 수 없었다.

"그건 도와줄 수가 없는데." 무전기 건너편에서 냉담한 목소리가 들려왔다. 어린 마음에 화가 나기도 했다. 하지만 무엇보다 두려움이 컸다. 낯선 동네에서 잘 곳을 구하지 못했다는 두려움과 더불어, 아무도 나를 도와주지 않을 거라는 생각이 몰려왔다. 한편, 그는 난처한 상황에 놓인 것 같았다. 윗선에서는 책임질 수 없으니 돌려보내라고 말했지만, 어린 나를 그대로 보낼 수는 없는 상황이었으니까. 졸지에 그는 잘 곳 없는 어린애를 책임져야 하는 상황에 처한 것이었다. 나는 그에게 간절한 눈빛을 보내며 제발 나를 도와주기를 바랐다. "괜찮아요. 방법이 있을 거예요." 그는 나를 안심시켰으나, 내가 봐도 별다른 방법이 없는 것 같았다. 그는 심각한 표정을 지으며 잠시 머리를 굴렸다. 그리고 내게 제안했다. "지금 시청 상영관에서 영화가 상영되거든요. 이제 자정부터 아침까지 총 네 편의 영화가 상영되고, 중간에 야식 먹는 시간도 있어요. 구석 자리를 줄 테니까, 편하게 자다가 배고프면 새벽 3시에 나와서 밥 먹으면 돼요. 괜찮죠?"

묘하게 설득력이 있었다. 더군다나 야식까지 준다고 하니 꽤 괜찮은 제안인 것 같았다. 나는 고개를 끄덕였고, 그는 티켓을 예매해주었다. 내게 티켓을 건네주면서 이제야 안심이 된다는 듯 웃어 보이던 그의 모습이 흐릿하게 기억난다. 나는 그를 만나게 되어서 다행이라고 생각했다. 적어도 상영관에 들어가기 전까지는.

그날은 시미즈 다카시 감독의 〈주온〉 10주년 특별전으로, 2000년 출시된 비디오판 1·2와 2003년 개봉한 극장판 1·2가 연속 상영되었다. 그나마 다행인 것은 내가 공포영화를 그리 무서워하지 않는다는 점이었는데, 문제는 그가 내게 마련해준 구석 자리가 스피커 바로 아래 있었다는 것이었다. 영화가 시작된 후, 나는 객석에 웅크려 잠을 자려고 시도했으나 스피커에서 소름 끼치는 소리가 계속 들려와 편히 잠들 수 없었다. 그래도 무척 피곤했던 탓에 그런 소리가 들리는 와중에도 잠깐씩 졸곤 했다. 그러나 소리에 익숙해질 때쯤 스크린에 귀신이 등장해 사람들을 놀라게 했고, 나는 사람들 비명 소리에 놀라 벌떡벌떡 깨어났다. 자다가 눈을 뜨면 귀신이 보였다. 귀신은 내게 겁을 주려고 하는 것 같았지만 겁을 먹기에 나는 너무 졸렸다. 그렇게 다시 잠들었다가 깼다가를 반복했다. 몇 번을 잠에서 깨어났던 걸까. 새벽 2시쯤, 잠결에 귀신을 보니 왠지 모르게 슬프다는 생각이 들었다.

처음 영화를 봤을 때와 달리, 귀신은 내게 무언가를 호소하고 있는 듯 보였다. 문득 귀신의 처지가 참 딱하다는 생각이 들었다. 사연이 있어 보였다. 자기 말 좀 들어달라고, 간절히 내게 도움을 요청하는 것만 같았다. 그건 내가 잠을 자기 위해 이곳에 들어오기 전, 누군가에게 간절히 도움을 요청했기 때문일 수도 있었다. 나는 〈주온〉이 그렇게 슬픈 영화라는 것을 그때 처음 알았다.

새벽 3시, 상영관 불이 밝아졌다. 상영관에 있던 사람들은 모두 야식을 먹기 위해 부천시청 홀로 향했다. 나는 야식을 먹을 힘도 없었다. 야식이고 뭐고 누워서 잠이나 잤으면 좋겠다고 생각하면서도, 좀비처럼 기어 나가 야식을 먹었다. 냉장고에서 바로 꺼낸 것 같은 '본 비빔밥'. 한여름이었는데도 밥알이 차갑고, 딱딱했다. 무슨 맛으로 먹었는지 모르겠다. 옹기종기 모여서 비빔밥을 먹고 있는 사람들의 모습이 하나같이 처량해 보였다. 밥을 다 먹은 후에는 다시 상영관으로 들어갔다. 두 편의 영화가 더 상영되었고, 배가 불렀던 탓인지 피곤했던 탓인지, 나는 여기저기서 들려오는 비명 소리에도 아랑곳하지 않고 잠을 잤다. 그리고 아침이 되어서야 상영관을 나오게 되었다. 그날의 일은 내게 아직도 모험처럼 기억된다.

나는 대학생이 되어서야 '영화제 자원봉사'라는 개념을 알게 되었다. 친구들은 시간이 날 때마다 영화제에서 자원봉사자로 활동했다. 이후, 나는 부천국제영화제에 갈 때마다 그 사람 생각을 했다. 혹시나 하는 마음으로 티켓 판매 부스를 어슬렁거리기도 했다. 그 사람을 다시 만나면, 그때 왜 그런 선택을 했냐고 묻고 싶었다. 공포영화를 보면서 자라는 게 말이 되냐고 따지고 싶기도 하고, 내가 잠도 못 자고 얼마나 피곤했는지도 말해주고 싶었다.

아니, 사실은 꼭 그게 아니더라도 그냥 한 번쯤 다시 보고 싶다. 고맙다는 말을 하고 싶기도 하고.

언젠가 그가 이 책을 꼭 읽었으면 좋겠다. 영화와 책이 우리의 두 번째 만남을 도와주기를 바란다. 한 영화를 두 번 보게 만든, 두 번 다시 볼 수 없을 사람에게.

'빨간 맛'은 이제 그만

이지수

대학 동기 B에게는 오랫동안 사귄 남자친구가 있었다. 두 사람의 관계는 매우 안정적이어서 그대로 쭉 함께하다가 결혼하는 미래가 내 눈에도 또렷하게 보였다.

어느 날 점심을 같이 먹던 B가 말했다. "나, 좋아하는 사람이 생겼어. 지금의 남자친구와는 모든 게 다른 사람이야." 그는 일단 무척 잘생겼고, 예술을 하고 싶어 하며, 영혼이 불안정하다고 했다. 말로 표현한 적은 없지만 서로가 서로를 원한다는 걸 알고 있다고도 했다. 이게 대체 무슨 소리야? 너 혹시 사기꾼한테 걸린 거 아니야? 그런 말이 목구멍까지 차올랐지만 입 밖으로 낼 수는 없었다. 그 이야기를 할 때 B의 얼굴이 너무나 설레어 보였기 때문이다.

동시에 나는 B가 당시의 남자친구와 사귄 지 얼마 안 되었을 때 들은 이야기를 떠올렸다. 옆에 서 있기만 해도 온 신경이 남자친구 쪽으로 쏠릴 만큼 두근거린다고 했던가. 내가 B에게 무슨 말을 할 수 있었을까. 새로운 설렘이 찾아온 것을 축하한다고? 아니면 네 눈을 멀게 한 반짝임은 시간이 가면 빛을 잃을 수도 있으니 신중하게 다시 생각해보라고? 이십대 초반이었던 내가 그 상황에서 할 수 있는 최선의 조언은 "그래, 네 마음 가는 대로 해야지"였고, 그 말에는 인생에서 한 번쯤은 그렇게 해봐야 후회도 미련도 없을 거라는 생각이 깔려 있었다. 어설프게 참견하기보다 B의 선택을 말없이 응원하는 쪽을 택하고 싶었던 것 같기도 하다. 그 뒤 B는 정말 마음 가는 대로 했다. 남자친구와 헤어지고 새로운 사람과 불같은 연애를 시작한 것이다.

　　〈우리도 사랑일까〉에도 결혼 5년 차에 다른 남자와 불같은 사랑에 빠지는 여자가 나온다. 나는 이 영화를 내가 결혼한 이듬해에 친구 구달과 함께 봤는데, 상영관에서 나오며 루크 커비(여주인공 마고의 불륜 상대, 섹시하고 자극적인 스타일)가 너무 매력적이지 않냐고 구달에게 물었더니 "아니? 난 세스 로건(마고의 남편, 푸근한 대형 곰돌이 스타일)이 더 좋던데?"라고 해서 진심으로 놀랐던 기억이 있다. 누구나 '빨간 맛'을 좋아하는 건 아니라는 진리를 새삼 깨달았다고나 할까.

영화는 마고(미셸 윌리엄스 분)가 컵케이크를 굽는 장면으로 시작된다. 마고는 반죽을 오븐에 집어넣고 그 앞에 주저앉아 있다가, 한 남자가 자신의 곁을 스쳐 창가로 가자 고개를 돌리며 눈을 감는다. 마고의 표정에는 권태와 불만과 슬픔이 뒤섞여 있다. 흐릿한 실루엣으로 뒷모습만 비치는 남자가 누구인지 관객은 알 수 없다. 곧이어 장면이 전환되고 시공간이 바뀐다. 마고는 캐나다의 전통 마을을 취재하고 있다. 거기서 마고는 대니얼(루크 커비 분)을 만나는데, 두 사람은 돌아가는 비행기에서도 우연히 옆자리에 앉게 된다. 게다가 알고 보니 대니얼은 마고의 앞집에 새로 이사 온 이웃이었다. 로맨스 영화에서 서로 모르는 남녀가 자꾸 엮이는 건 뭐? 그들이 곧 사랑에 빠진다는 명백한 신호다. 그들에게 이미 파트너가 있든 없든 말이다.

대니얼을 알게 된 뒤로 마고의 신경은 온통 그에게 쏠린다. 대니얼이 일하러 나가는 새벽 시간에 맞춰 일어나

괜히 집 앞을 서성이고, 대니얼의 집까지 들리게 큰 소리로 풀장에 다녀오겠다고 외친다. 마고는 다분히 의도적으로 동선을 겹치게 만들어 대니얼과 함께 커피를 마시고, 술을 먹으러 가고, 밤에 아무도 없는 풀장에서 수영을 하고, 그의 집 안까지 들어가기도 한다. 마고는 마치 자신의 일상과 내면에 결핍된 무언가를 대니얼을 통해 채우려는 것 같다. 그것이 권태를 타파할 자극이든, 살아 있다는 느낌이든, 사랑받는 감각이든 뭐든 간에. 동시에 마고는 남편 루(세스 로건 분)와의 생활도 (겉으로는) 전과 다름없이 꾸려간다. 둘만의 고유한 애정 표현으로 아침을 시작하고, 사랑한다는 말도 자주 한다. 요리책을 쓰는 루가 가스레인지 앞에 있을 때 뒤에서 껴안으며 유혹해보기도 한다. 그러나 루는 분위기 좋게 키스를 하다가 갑자기 손가락 씨름을 시작한다. 요리할 때 마고가 백 허그를 하면 토마토소스 튄다고 정색한다. 결혼기념일에 기껏 근사한 식당에 가서, 마고가 밥만 먹지 말고 대화 좀 하자고 하면 "뭔 얘기를 해, 같이 살고 모든 걸 다 아는데"라고 한다("그럼 외식은 왜 해?" "맛있는 거 먹으려고!" 맙소사……).

　루는 아마도 마고에 대해 모든 걸 안다고 진심으로 생

각하기에 시간이 갈수록 마고를 더 사랑할 수 있는 사람이었을 것이다. 반면 마고와 대니얼의 관계에는 잘 알지 못하는 사이에서만 피어나는 홍분과 긴장이 있다. 그 마약 같은 감정에 한창 빠져 있는 마고에게는 "새것도 헌게 된다오"라는 동네 할머니의 말(을 빌린 감독 겸 각본가 사라 폴리의 직설적인 조언)이 귀에 들어올 리 없다.

대니얼을 처음 만난 날, 마고는 공항에서 환승하는 것이 무섭다는 이유로 다리가 불편한 척하며 휠체어를 타고 승무원의 도움을 받아 다음 비행기로 이동했다. "비행기 놓치는 건 두렵지 않아요. (⋯) 비행기 놓칠까 봐 걱정하는 게 두려워요. 사이에 끼여서 붕 떠 있는 게 싫어요. 무언가를 두려워하는 감정이 제일 두려워요." 그러나 마고는 사이에 끼여 있는 게 싫다면서 대니얼과 루 사이에 있고, 두려워할 게 두렵다면서 두려울 일을 만든다. 요컨대 자신이 만들어낸 줄도 모르는 불안과 결핍에 끊임없이 시달리는 것이다.

직접 그린 그림으로 사방을 장식한 대니얼의 집에 간 날, 마고는 무슨 일을 하느냐는 대니얼의 질문에 글을 쓰고 '싶다'고 대답한다. 지금은 "쓰긴 하는데 내가 쓰고 싶은 게 아니"라고 덧붙이며. 대니얼은 진심으로 의아한 표정으로 묻는다. "쓰고 싶으면 그냥 쓰면 되잖아요?" '그림을 그리고 싶으면 그냥 그리는' 대니얼은 '쓰고 싶은 글을 그냥 쓰지 못하는' 마고를 이해할 수 없다. 두 사람 사이의 이 간극은 마고가 대니얼과 함께하더라도 결국은 완전한 충족에 이르지 못할 것을 암시하는 듯하다.

대니얼은 마고와의 관계를 끊기 위해 이사를 간다. 그가 떠나는 날 아침, 마고는 루에게 그간 있었던 일을 고백한 뒤 루와 찍은 사진이 빼곡하게 걸린 벽을 지나 대니얼에게로 향한다. 마고와 대니얼은 새로운 집에서 한동안 열정적으로 서로를 탐닉하지만, 관계가 안정되자 어김없이 권태가 찾아온다. 대니얼은 "사랑해"라는 마고의 말에 한참 뜸을 들이다가 "나도 사랑해"라고 대답한다. 또 마고는 루와 함께 살 때 그랬던 것처럼 화장실에서 대니얼이 옆에 있어도 아무렇지 않게 소변을 본다.

그즈음 원래 알코올중독이었던 루의 누나 제럴딘이 술에 취해 잠시 행방불명되는 사건이 벌어진다. 마고는 제럴딘의 어린 딸이 마고를 찾는다는 전화를 받고 예전 집으로 간다. 마고는 루와 집 앞 계단에 나란히 앉아 근황을 나누다가 자기도 모르게 "혹시라도 내가……"라고 말해버린다. 그 뒤에 '돌아오기를 바라?'가 생략되어 있다는 사실을 알아차린 루는 슬픈 표정으로, 그러나 단호하게 대답한다. "아니, 전혀 아니야. (…) 살면서 당하는 일 중에 어떤 건 절대 안 잊혀."

결혼 10주년이었던 2022년에 이 영화를 다시 봤다. 이번에는 혼자서, 육아 때문에 중간중간 끊어가며. 이실직고하자면 이번에는 루에게 감정이 너무 이입된 나머지 도저히 마고 편을 들어줄 수 없었다. '그래, 네 마음 가는 대로 해야지'라는 말이 좀처럼 나오지 않는 것이다. 불 앞에서 요리할 때 뒤에서 껴안는 위험한 행동은 지양해야지. 5년쯤 같이 살았으면 맛있는 거 먹을 때 음식에만 집중할 수도 있잖아? 말없이 밥만 먹어도 어색하지 않다는 게 친밀함의 증거 아니겠어? 세월은 빨간 맛을 좋아했던 입맛도 바꿔놓는지 심지어 이제는 루의 자상하고 유머러스한 면모가 대니얼의 퇴폐미보다 더 매력적으로 느껴졌다. 자극보다 안정을 선호하게 된 이런 변화는 어떤 면에서는 조금 슬플 수도 있다. 그러나 이 변화는 이제껏 고리타분하다고 생각했던 것의 가치를 재발견하게 해주었다. 오랫동안 변함없이 유지되는 다정함이란 얼마나 귀하고 멋진가. 한번 잃으면 회복이 불가능하다는 점에서 그것을 배반한 대가는 또 얼마나 큰가.

루는 마고가 떠나는 순간까지 모진 말은 한마디도 하지 못한다. 다만 마고에게 샤워를 해달라고 부탁하고(그가 루는 마고가 샤워할 때마다 샤워 커튼 밖에서 마고의 머리 위로 찬물을 끼얹었는데, 마고는 오랫동안 이것을 샤워기 고장으로 착각하고 있었다. 먼 훗날 할머니가 된 마고에게 이 사실을 알리며 웃게 만들 생각으로 루는 매일 성실하게 이 장난을 쳐온 것이다), 마지막으로 찬물을 끼얹은 뒤 샤워 커튼을 열어 물을 뿌렸던 컵을 보여주며 자신의 장난을 고백한다. 그리고 떠나기 힘들어하는 마고에게 살짝 미소까지 지으며 "그냥 가"라고 한다. 훗날 그런 루를 대신해, 마고의 바람을 진작 눈치채고 있었던 제럴딘이 말한다. "망친 사람은 너야, 마고. 길게 보면 말이야. 인생엔 당연히 빈틈이 있게 마련이야. 그걸 미친놈처럼 일일이 다 메울 순 없어."

영화는 막바지에 이르러 다시 첫 장면으로 돌아와 오븐 앞에 앉아 있는 마고를 보여준다. 어딘가에서 〈비디오 킬 더 라디오 스타Video Killed the Radio Star〉가 흐르고 있다. 새것이 헌것을 죽이다니, 이 또한 너무나 직설적인 메시지다. 그러나 동네 할머니가 말했듯 새것도 언젠가 헌것이 된다. 우리는 '미친놈'처럼 모든 헌것을 새

것으로 바꿔가며 인생의 빈틈을 일일이 다 메울 수 없다.

권태와 불만과 슬픔이 뒤섞인 표정으로 한동안 오븐 안을 응시하던 마고는, 이번에는 눈을 감았다가 곧 뜨더니 창가의 남자에게로 가 뒤에서 꼭 껴안는다. 다음 장면인 라스트신에서 마고는 언젠가 대니얼과 함께 탔던 놀이 기구를 혼자 타고 있다. 여전히 〈비디오 킬 더 라디오 스타〉가 배경음악으로 깔리는 가운데, 마고가 흔들리는 기구에 몸을 맡긴다. 무표정하던 마고의 얼굴에 점차 복잡한 미소가 번진다.

B는 불같은 연애를 1년 남짓 하다가 예전의 남자친구에게로 돌아가 결혼했다. 지금은 어떻게 지내는지, 혹시 그때의 기억이 가끔 떠오르기도 하는지, 그것이 너를 행복하게 하는지 슬프게 하는지 나는 이제 물을 수 없다. 연락이 끊어져버렸기 때문이다. 다만 나는 B가 그 기억을 떠올릴 때 후회만으로 가득하지 않았으면 한다. 복잡한 표정으로라도 웃을 수 있기를 바란다.

우리는 빈틈이 메워지는 짜릿한 순간만을 위해 살지 않는다. 삶은 오히려 그 앞과 뒤에 더욱 길게 펼쳐져 있다. 틈을 메워 강렬한 행복이나 만족감을 느끼는 건 우리의 길고 지루한 인생에서 이따금 꼭 필요한 순간일 수도 있다. 그러나 존재하는 모든 틈을 미친놈처럼 일일이 메울 수 없다면, 어떤 틈과는 함께 살아가는 방법을 익히는 편이 좋을지도 모른다.

각자 혼자 함께

이미 거의 모든 영화를 혼자 보고 있어서 '혼자 보고 싶은 영화'를 떠올리는 건 쉽지 않았다. 그런데 영화만 혼자 보고 있나. 나는 거의 대부분의 일을 혼자 하는데, 소설을 쓰게 된 이후로는 더더욱 혼자 있는 시간이 많아졌다. 지금도 이렇게…… 아침 일찍 카페에서 혼자 글을 쓰고 있으니까.

영화과 학생들이 영화를 좋아하게 된 계기는 크게 두 부류로 나눌 수 있다. 첫째, 어릴 때 부모님과 극장에 갔는데 그때 경험이 좋았다. 둘째, 어릴 때 부모님이 맞벌이를 해서 집에 주로 혼자 있었는데, 어쩌다 보니 영화를 많이 보게 되었다.

나는 후자였다. 내가 외동딸이었기 때문에 더 그랬을 것이다. 학교가 끝나고 집에 오면 언제나 혼자였다. 혼자서 레고 블록을 갖고 놀거나 그림을 그리거나, 괜히 침대 위를 뒹굴어보거나 했다. 볼 것 없는 TV 채널을 계속 돌리면서 시간을 보냈다. 이따금 형제끼리 보고 싶은 채널이 달라 리모컨을 가지고 싸웠다는 이야기를 들으면, 그게 참 부럽기도 했다. 오빠랑 장난을 치다가 다쳤다는 이야기나 언니의 옷을 물려 입는 게 불만이라는 이야기, 또는 동생이 아이스크림을 빼앗아 먹었다는 이야기. 사실 나는 그 모든 게 부러웠다. 냉장고 안에 있는 아이스크림은 모두 내 것이었고, 나는 내심 누군가 내 아이스크림을 마음대로 먹어 나를 화나게 만들어주기를 바랐다. 하지만 아무도 내 아이스크림에 손을 대지 않았고, 아무도 나를 괴롭히지 않았고, 나는 늘 새 옷만을 입었다. 친구들은 모두 나를 부러워했다. 하루 종일 혼자 있는 건 엄청 심심한 일이야. 그때는 외롭다는 생각을 전혀 하지 못했다. 다만 심심하다고 느꼈다. 가끔은 따분해서 미쳐버릴 것 같았다. 은유적인 표현이 아니라, 정말로 구역질이 났다. 혼자 오래 있다 보면 어지럽고 울렁거렸다. 밤이 되면 괜찮아졌으나 오후에는 늘 그런 상태였다.

그래서 혼자 시간을 잘 보내는 법을 터득해야만 했다. 그렇게 비디오 가게에 다니기 시작했다. 초등학생 때는 거의 매일 비디오 가게에 갔다. 더 이상 볼 게 없어질 때까지, 하루에 세 편을 보는 건 일도 아니었다. 말 그대로, 정말 아무도 나를 말릴 사람이 없었다.

생각해보니 나는 줄곧 영화를 혼자 볼 수밖에 없는 상황에 놓였던 것 같다. 어릴 때는 집에 혼자 있었기 때문에 어쩔 수 없이 영화를 혼자 보았지만, 조금 더 자라서는 자진하여 혼자 볼 수밖에 없었다. 영화과 진학을 꿈꿨기 때문이다.

고등학교 2학년 때, 나는 선생님께 학원을 다니게 되었다고 거짓말을 했다. 그로부터 거의 1년간 야간자율학습을 하지 않았다. 어차피 공부는 할 건데, 학교에 잡혀 있기가 싫었기 때문이다. 친구들이 학교에서 야간자율학습을 하는 동안, 나는 서점에 가서 혼자 책을 읽거나 카페에서 공부를 했다. 그리고 심야 영화를 보고 집으로 돌아왔다.

용돈을 받으면 무조건 한 달 치 영화 티켓값을 따로 빼두었다. 극장에 걸린 영화를 빠짐없이 보았고, 매주 새롭게 발간되는 영화 주간지도 챙겨 읽었다. 서점에서 책을 펼쳐보며 신중하게 책을 고르는 게 좋았다. 나는 책을 스스로 고르는 법을 배워가고 있었다. 나의 취향을 알아가고 있었다. 능동적으로 공부한다는 게 무엇인지 알아가고 있었다. 나는 이것이야말로 진정한 의미의 야간자율학습이라고 생각했다.

학교를 마치면, 오로지 내가 좋아하는 일들에 몰입할 수 있었다. 혼자였기 때문에 더더욱 그럴 수 있었을 것이다. 몰입하고 있었으므로 더 이상 '혼자'라는 사실에 집중하지 않아도 되었다. 언제부턴가는 혼자 돌아다니는 게 편하게 느껴졌다. 외롭다는 생각도 들지 않았다. 신기한 일이었다. 혼자 있을 때, 내가 혼자라는 사실을 인식하는 것과 망각하는 것, 그건 명백히 다른 일이었다.

"다른 사람을 만나면 주로 뭘 하고 놀아?" 소설을 쓰면서 알게 된 친구는 내게 물었다. "밥 먹고 카페? 카페에서 대화? 아니면 산책? 다들 똑같지 않나?" 나는 생각나는 대로 대답했고, 그는 내게 왜 영화는 보지 않냐고 되물었다. 그 질문엔 딱히 해줄 수 있는 말이 없었다. "나는 원래 영화 혼자 보는데?"

누군가와 함께 영화를 본다는 것이 내게는 특별한 경

험이었다. 언제가 마지막이었더라. 머리를 굴려보았다. 누군가와 영화를 보았던 날들을 쉽게 떠올릴 수 있었다. 그것도 꽤 구체적으로, 생생하게. 특히 누군가와 함께 봤던 영화들은 영화 내용보다도 그들과 경험했던 일들을 떠오르게 만든다.

10여 년 전, 어느 겨울밤. 한 대학 동기로부터 심형래 감독이 드디어 해냈으니, 하루도 미루지 말고 그의 영화를 봐야 한다는 연락을 받았다. '진짜 놀라지 마라.' 동기는 그런 말까지 덧붙였다. 그리하여 곧장 동기 오빠와 함께 심야 영화로 보았던 〈라스트 갓파더〉. 영화가 시작한 지 10분이 지났을까. 놀라지 마라, 라는 말의 깊은 뜻을 이해할 수 있었다. 우리는 어두운 극장 안에서 고개를 돌려 서로의 얼굴을 보며 웃었다. 우리가 당했음을 깨달았다.

새벽에 극장에서 나오니, 눈이 내리고 있었다. 그것도 아주 탐스러운 함박눈이. 영화는 놀랍도록 재미없었으나, 그래도 눈이 내려 기분이 좋았다. 우리는 눈 위를 뒹굴어보기도 하고 눈싸움을 해보기도 했다. 사진도 많이 찍었다. 그리고 번화가로 가 삼겹살에 소주를 잔뜩 마시고 뜨는 해를 보았다. 기억에 남을 정도로 행복했는데, 만약 이 영화를 혼자 봤다면 어땠을까.

또 다른 기억 하나. 명동의 중앙시네마가 문을 닫기 전이었다. 그때 중앙시네마는 폐관을 앞두고, '마지막 스크린, 추억을 만나다'라는 이름으로 앙코르 상영을 하고 있었다. 그때 나는 대학 선배와 함께 그곳에서 영화를 봤다. 〈렛 미 인〉과 〈멀홀랜드 드라이브〉. 둘 다 멋진 영화였다. 얼마 후 그곳이 문을 닫았으므로 그것이 내게는 중앙시네마에 대한 처음이자 마지막 기억인데, 되돌아보니 참 소중한 시간이었다. 선배가 아니었더라면 나는 중앙시네마를 영원히 가보지 못했을 테니까. 그저 이름만 들어본 이미 사라진 극장들, 스폰지하우스, 단성사, 허리우드극장, 명보극장, 아세아극장처럼 어쩌면 중앙시네마도 이름만 아는 극장으로 남을 수 있었을 텐데. 나는 선배 덕분에 이미 사라진 공간에 대한 소중한 기억을 간직할 수 있었다.

그때는 서울의 모든 것이 낯설었다. 어디가 어딘지도 모른 채, 그저 선배를 따라 돌아다녔다. 선배는 서울 지리를 꽤 잘 알고 있는 것 같았다. 그날 선배는 중앙시네마뿐만 아니라 엄청 큰 디저트 가게에도 나를 데려가주었다. 그리고 내게 아주 큰 와플을 사주었다. 생크림과 생과일이 잔뜩 올라간, 너무도 예쁜 와플이었다. 나는 눈앞에 놓인 와플을 보며, 역시 서울은 굉장한 곳이라고 생각했다. 그날 우리가 봤던 영화는 와플과 무관했지만, 아직까지도 그때 그 영화를 생각하면 와플이 떠오른다.

돌이켜보니, 대학 시절은 내가 누군가와 함께 영화를 본 거의 유일한 시기였다. 그때는 밤마다 친구 자취방에 모여 다 함께 영화를 보기도 했고, 수다를 떨다가 영화가 보고 싶어지면 다 함께 즉흥적으로 극장에 가기도 했다. 한때는 동기와 둘이서 '혼자서 절대 보지 않을 것 같은 영화 함께 보기 모임'도 결성했다.

그러나 졸업 후, 나는 다시 영화를 혼자 보는 삶으로 돌아오게 되었다. 반면 이지수 번역가는 번역가가 된 이후에 본격적으로 혼자 영화를 보러 다녔다고 한다. 평일 조조영화를 보는 맛이 아주 짜릿했다고. 그가 혼자 극장에서 처음 본 영화는 〈야반가성〉이라고 했는데, 그 얘기를 들으니 누군가 혼자 봤던 영화를, 다른 시간 다른 공간에서 나 혼자 봐도 좋을 것 같다는 생각이 들었다. 그럼 그 영화는 우리가 함께 본 영화가 될 수 있을까? '영화를 함께 본다는 것'에 대해 생각하게 된다. 영화를 함께 본다는 건, 단순히 영화가 상영되는 시간을 함께 경험하는 것만을 의미하진 않을 것이다.

하루는 라스 폰 트리에의 특별전이 열린다는 소식을 듣고 〈멜랑콜리아〉를 보러 갔다. 예전에 집에서 봤던 영화였지만, 마지막 장면을 극장에서 다시 보고 싶다는 생각이 들었다. 영화는 직장에서 몇 정거장 떨어진 곳에 위치한 극장에서 상영되었다. 퇴근 후, 늦지 않게 극장에 도착했는데 몸이 무척 피곤한 상태였기에 불길한 예감이 들었다. 왠지 영화를 보다가 잠들 것 같은 느낌이었다. 그 예감은 적중해서, 나는 영화 상영이 시작되는 동시에 잠들어버렸다. 몇 번을 자다가 깨다가 결국 그냥 자기로 결심했다. '어차피 전에 봤던 영화니까 괜찮아. 영화가 끝나기 전에만 일어나자. 마지막 장면 보러 온 거잖아.' 그리고 정말 놀랍게도 영화가 끝나기 직전에 눈이 뜨였다.

영화는 긴 러닝타임을 지나, 어느덧 지구 종말을 앞두고 있었다. 스크린 안에서, 저스틴(커스틴 던스트 분)과 클레어(샤를로트 갱스부르 분)는 손을 맞잡고 지구 최후의 순간을 기다리고 있었다. 그리고 이내 극장 스피커를 통해 멜랑콜리아 행성이 빠른 속도로 다가오는 소리가 들렸다. '아, 이제 끝이구나. 정말 끝이구나.' 집에서 볼 때와 달리, 소리가 너무 컸다. 어찌나 크던지, 롤러코스터를 탈 때처럼 심장이 조이고 가슴이 붕 뜨는 느낌이 들었다. 쿵— 굉음과 함께 암전. 스크린 속 세상은 종말을 맞이했다.

잠시 어둠이 지속되었다. 눈앞에 아무것도 보이지 않았다. 정말로 아무것도 보이지 않았다. 소리도 들리지 않아서, 더 이상 아무것도 남아 있지 않은 듯했다. 심지어 나 자신조차도. '내가 사라졌나? 나도 사라졌나?' 나는 어둠 속에 잠시 머물렀다. 잠시 후, 스크린이 다시 밝아지며 엔딩크레디트가 올라갔다.

희미한 불빛 사이로 관객들의 뒤통수가 보였다. '모두 잠시 사라졌다가 다시 나타났네. 영화 속 종말과 함께 사라졌다가, 빛과 함께 사라졌다가, 모두 다시 나타났구나.' 누군지 모르는 사람들, 그들의 뒤통수를 바라보며 나는 생각했다. 나 혼자만 사라졌던 게 아니라고, 여기에 나 혼자 있었던 게 아니라고. 우리는 지금껏 그렇게 수도 없이 많은 사라짐과 나타남을 반복하고 있었는지도 모르겠다.

"혼자가 되지 않는 유일한 방법은 내가 없는 것이다"라고 시작하는 소설을 쓴 적이 있다. 극장에서의 경험은 내가 잠시 사라지는 경험이기도 했고, 동시에 수많은 사람과 함께하는 시간이기도 했다. 나는 줄곧 혼자였지만,

그런 방식으로 이따금 혼자가 아닐 수 있었던 것이다. 내가 혼자라는 사실을 잠시 잊거나 지우거나, 또는 각자 혼자 함께하거나.

우리 이제 파전 먹으러 갈래요?   이지수

　대부분의 영화를 혼자 본다. 나는 프리랜서라서 평일 오전에도 영화관에 갈 수 있는데, 그 시간이면 거의 텅 비다시피 하는 상영관에서 조조영화를 보고 있으면 뭐랄까, 굉장히 부유한 백수가 된 느낌이 든다. 가진 게 돈과 시간뿐이라 영화관을 전세 낸 그런 문화적인 백수(물론 현실은 전날 마감으로 다크서클이 턱까지 내려온 출판 노동자). 문화적인 백수가 멋진지 아닌지는 둘째 치고, 그 느낌에 한번 맛을 들이면 웬만해선 주말에는 영화관에 가기 싫어지므로 '혼영'하는 습관은 나날이 굳어져간다.

　언제부턴가 '영화관에서 혼자인 나'를 즐기게 되었다. 실은 식당에서 '혼밥'할 때도, 카페에서 '혼차'할 때도 혼자인 게 싫지는 않다. 혼자서 훠궈를 먹거나 오코노미

야키를 굽는다면 그건 좀 쓸쓸할 수도 있겠으나 기본적으로 나는 뭐든 혼자 하는 게 편하다. MBTI가 I로 시작해서 그런가? MBTI는 과학인가? '혼자가 편한 나'의 기원은 스무 살 때로 거슬러 올라가지만(자취를 시작함과 동시에 일인가구가 되었다), 편한 걸 넘어 '혼자가 더 좋은 나'는 출산 후에 본격적으로 정립된 것 같다. 24시간 엄마한테 붙어서 안 떨어지려고 하는 아이가 있으면 재활용 쓰레기를 버리러 나가는 10분조차 나만의 소중한 '꿀 타임'이 된다…….

혼자 영화를 보면 좋은 점. 내 취향의 영화를 다른 사람 눈치 안 보고 고를 수 있다. 피크 타임에 영화관에 가도 괜찮은 자리에서 볼 수 있다(1석은 2연석보다 언제나 좋은 자리를 구하기 쉽다). 영화를 다 본 다음에는 혼자 천천히 소화할 시간이 주어진다(라고 해봤자 주로 SNS나 유튜브에서 남의 해석 찾아보기). 같이 간 사람과 영화에 대한 감상이 달라서 분위기가 애매해질 일이 없다. 왜 이걸 걱정하는가 하면, 내가 감상을 말로 표현하거나 상대방과 다른 의견을 면전에서 피력하는 데 어려움을 느끼는 유형이기 때문이다. 예컨대 〈위플래쉬〉를 본 후 친구가 "그래서 저런 교수법이 필요하긴 하다는 거지?"라고 물었을 때, 동공 지진이 일어난 눈을 숨기며 적당히 맞장구치다가 화제를 전환해버리는 인간이 나다…….

자신의 의견을 말로 표현하며 상호 간의 차이를 좁혀나가는(혹은 넓혀나가는) 과정을 나는 왜 이다지도 힘들어하는가? 무언가가 왜 좋은지(싫은지), 어떻게 좋은지(싫은지) 설득할 단어를 찾다 보면 늘 미궁 속을 헤매는 느낌이고, 적절한 어휘를 찾는 데 번번이 실패하는 기분이 든다. 글이라고 성공률이 높은 건 아니지만 글은 백스페이스키를 칠 수 있다는 점에서, 또 마침표를 찍을 시간이 주어진다는 점에서 말보다 언제나 낫다. 내 머릿속에 있는 언어화되지 않는 것들을 상대방의 머리로 고스란히 전송할 수 있다면(블루투스나 에어드롭으로……?) 여럿이서 영화를 보고 감상을 나누는 것도 편안해지려나. 아니면 나는 토론이 어려운 게 아니라 그냥 충돌을 피하고 싶은 그런 인간인가? (맞음.) 혹시 이것도 MBTI가 I로 시작하기 때문일까? (아님.)

그나저나 '(다른 영화와는 달리 이것만큼은) 혼자 보고 싶은 영화'란 무엇일까. 나는 어차피 영화를 대체로 혼자 보기 때문에 딱히 떠오르는 작품이 없지만, 일반적으로는 길티 플레저를 자극하는 영화가 그런 카테고리에 들어가지 않을까 싶다(〈그레이의 50가지 그림자〉? 〈킬빌〉?). 또는 배우자와 함께 봤다가는 그날 저녁 식사 자리가 불편해질 것 같은 영화도 그럴 수 있겠다(〈결혼 이야기〉? 〈레볼루셔너리 로드〉? 친구와 같이 본다는 선택지도 있겠지만 나한테는 동네 친구가 없다……).

곰곰 생각해보니 내게는 신체적인 문제로 '혼자 봐야만 하는' 영화들이 있었다. 나는 화면이 흔들리는 영상을 보면 멀미가 나는 체질이다. 차를 탈 때마다 엄마 무릎에 누워서 눈을 감고 울렁거림을 참았던 어린이는 무럭무럭 자라나 핸드헬드로 찍은 영상을 보면 토하는 어른이 되었다. 그리고 내 경험상 그 방면의 최고봉(?)은 〈멜랑콜리아〉다.

10년 전 친구 윤정과 이화여자대학교의 아트하우스모모에서 〈멜랑콜리아〉를 봤다. 우울증을 앓고 있는 저스틴은 언니 클레어가 준비해준 성대한 결혼식을 괴상한 행동들로 망쳐버린다. 예비 신랑은 이를 참지 못해 떠나고 저스틴은 제대로 걷지도 못할 정도로 폐인이 되어 클레어의 집에서 신세를 진다. 클레어는 그런 동생을 지극정성으로 돌보지만 멜랑콜리아라는 행성이 지구로 돌진해

오자 불안에 떨며 이성을 잃어가고, 반대로 저스틴에게는 점점 생기가 돈다. 영화는 우주적 대재앙을 다룬 작품답지 않게 처음부터 끝까지 저스틴과 클레어의 내적 변화에만 초점을 맞추는데, 이 두 인물의 흔들리는 심리를 반영해 화면도 시종일관 요동친다. 그것도 아주 집요하게, 줌인 줌아웃을 거듭해가며.

나의 첫 번째 위기는 저스틴의 결혼식 도중 찾아왔다. 머리가 아프고 속이 뒤집혔다. 소주 두 병 마시고 잔 다음 날 아침의 숙취에 비견할 만한 고통이었다. 몸을 웅크리고 재빨리 상영관을 빠져나와 화장실로 달려갔다. 그럴 생각까지는 아니었는데 변기를 부여잡자마자 자동으로 먹은 게 나왔다. 눈을 감고 있으니 조금 괜찮아지는 것 같아서 다시 좌석으로 돌아갔지만 10분도 채 버티지 못하고 뛰쳐나와 또 토했다. 그러고도 미련이 남아(이 영화의 라스트신이 굉장하다는 소문을 듣고 갔다) 상영관 뒷문에 기대서서 영화를 더 보려고 해봤으나 다시 구역질이 치밀어 올랐다. 어쩔 수 없이 윤정에게 문자로 양해를 구하고 택시에 실려 집으로 돌아갔다. 나도 나대로 안타까운 상황이었지만 평일 저녁 퇴근 후 어렵게 시간을 냈는데 영화관에 덩그러니 혼자 남겨진 윤정은 또 무슨 죄였을까.

전에도 같은 일이 있었다. 그때 본 영화는 이재용 감독의 〈여배우들〉이었고, 친언니와 함께였는데 중간에 상영관을 뛰쳐나온 우리는 두 번 다시 좌석으로 돌아가지 못했다. 〈블레어 위치〉를 봤을 때는—이것도 언니랑 같이, 부모님이 외출한 날 밤 비디오로 봤다—공포와 두통이 결합되어 거의 실신할 뻔했다. 언니도 누워서 담요를 눈 밑까지 끌어당기고 있었던 것 같은데, 그럼에도 우리 둘 중 누구도 중간에 끄자고 하지 않았기에 반쯤은 오기로 끝까지 봤다. 비록 그 오기가 우리에게 남긴 건 창백한 얼굴과 메스꺼움뿐이었지만. (이 글을 쓰다가 갑자기 생각났다. 초등학교 2학년인가 3학년 생일에 친구들을 집으로 초대해 파티를 연 적이 있다. 엄마가 한 상 가득 차려준 음식을 먹은 뒤 비디오를 빌리러 갔는데 함께 간 언니가 〈사탄의 인형〉을 보자고 고집했다. 나는 〈슈퍼 그랑죠〉를 빌리고 싶었지만 동생들이 다 그렇듯 언니의 말발을 이길 수 없었고, 나를 포함한 예닐곱 명의 초등학생들은 그날 오후 내내 비명을 지르며 벌벌 떨어야 했다. 다시 한번 말하지만 그날은 내 생일이었다…… 〈블레어 위치〉도 물론 언니가 고른 영화였고…….)

이런 경험들을 통해 나는 화면이 자주, 많이 흔들리는 영화는 반드시 집에서 혼자 봐야 한다는 교훈을 체득했다. 그래야 내가 원할 때 끄든지 토하든지 할 수 있으니까. 〈멜랑콜리아〉와 〈여배우들〉 때는 초인적인 인내심을 발휘해 화장실 변기까지 겨우 갈 수 있었지만 어쩌면 다음번에는 상영관 바닥에 토해버릴 수도 있고(상상만 해도 끔찍하다. 차라리 지구 종말이 나으려나), 꼭 토를 하지 않는다 해도 영화를 보다가 중간에 나가는 행동 자체가 민폐다. 그러니 어떻게든 보고 싶은 영화라면 집에서 비닐봉지라도 귀에 걸고 혼자 보도록 해야지. 문제는 화면이 얼마나 흔들릴지는 영화를 봐야 알 수 있다는 건데, 이 부분은 먼지 본 사람들의 자문을 구하시 않는 이상 해결할 방법이 없는 것 같다. 앞으로 네이버 지식인에 '영화 〈○○○○〉은 화면이 많이 흔들립니까? 내공 50 겁니다' 따위의 글을 쓰는 사람이 있다면 그건 높은 확률로 저일 테니, 멀미인 하나 구제한다 치고 답변해주시면 감사하겠습니다…….

그나저나 멜랑콜리아가 지구를 덮치는 라스트신만은 꼭 영화관의 거대한 스크린으로 보고 싶었는데, 실제로는 VOD로 출시된 후 거실에 누워서 어지러운 머리를 감싸 쥐고 겨우 봤다. 저스틴과 클레어, 클레어의 어린 아들 레오가 긴 나뭇가지로 정원에 어설프게 만든 '마법 동굴' 안에 둘러앉아 어마어마한 속도로 지구를 향해 오는 멜랑콜리아를 맞이하고, 눈부신 빛이 모든 것을 집어삼킨다. 그리고 모든 것이, 존재와 공간과 시간이 모두 사라진다. 분명 스크린으로 봤다면 오랫동안 잊기 힘든 장엄한 광경이었을 것이다. 40인치 TV로는 조금 김빠지는 스펙터클이었지만.

마침내 모든 게 사라진다는 건 "지구는 사악해. (…) 없어져도 아쉬울 거 없어"라고 말하는 저스틴 같은 사람에게는 오히려 구원이 된다. 저스틴에게 동질감을 느낀다 해서 죄책감을 가질 필요는 없을 것이다. 개인적인 고통과 우울을 끝낼 방편으로 세상이 멸망했으면 좋겠다는 소망을 품어본 적 없는 사람이 도리어 드물 테니까. 세계가 어제와 다름없이 오늘도 내일도 굳건히 존재하고, 그 존재함이 오히려 절망이 되어 해일처럼 덮쳐와 자신을 무력하게 만드는 그런 일을 겪어보지 않았다면, 그건 부럽고도 희귀한, 명랑만화 같은 인생이 아닐까.

만약 둘 중 하나를 선택할 수 있다면, 나는 자신의 눈으로 직접 멜랑콜리아가 지구로 돌진하고 있음을 확인하고, 그 사실로 인해 패닉 상태에 빠지고, 어린 아들과 가망 없는 도주를 시도해보고, 그래도 안 되면 적어도 테라스에서 사랑하는 사람들과 와인을 마시며 '제대로 끝내기'를 원하는 클레어의 태도를 따르고 싶다(영화에서는 테라스에서 모두 함께 와인을 마시며 최후를 맞이하자는 클레어의 부탁을 저스틴이 비웃는다. "노래 부르는 건 어때? 베토벤 교향곡 9번. 그런 거 원한 거지?"). 그 일견 쿨하지 못하고 꼴사나워 보이는 태도는 클레어가 이 세계에 애착을 가지고 있다는 증거다. 어쩌면 누군가에게는 다가올 사태를 저스틴처럼 사뿐히 받아들이는 것보다, 생에 애착을 버리는 게 더 어려운 일 아닐까?

앞서 나는 내 머릿속에 있는 언어화되지 않는 것들을 상대방의 머리로 고스란히 전송할 수 있다면, 이라고 적었다. 하지만 실은 나도 안다. 그게 언제나 좋은 방식은 아니라는 것을. 또한 내면의 감정을 끄집어내어 표현할 방법을 고심하는 과정에서 많은 것이 새로 태어나기도 한다는 것을. 일테면 라스 폰 트리에는 우울증을 표현하기 위해 멜랑콜리아를 지구에 충돌시켰고, 그것을 통해 관객은 개인의 우울이 지구의 멸망과 등가가 되는 세계를 체험할 수 있다. 그런데 라스 폰 트리에가 지구의 멸망과 같은 무게를 지닌 우울을 영화로 보여주는 게 아니라 나의 머리로 곧장 전송한다면 내가 과연 제정신을 유지할 수 있을 것인가…….

만약 〈위플래쉬〉를 보고 "저런 교수법이 필요하긴 하다는 거지?"라고 했던 지인의 말에, 내가 동공 지진을 일으킨 이유를 설명할 단어들을 지레 포기하지 않고 찾아봤다면, 우리 사이에도 새로운 무언가가 태어났을지 모른다. 물론 그게 싸움으로 번질 가능성도 있지만, 그래도 평생 자기 안에 갇혀 사는 것보다는 싸움이라도 하는 게 나을 것이다. 이렇게 생각하니 갑자기 혼영의 습관을 버려야 할 것 같은 위기감이 든다. 저랑 왓챠 파티로 같이 영화 보실 분……?

이 글의 초고를 다 쓴 뒤 서이제 작가가 추천한 요리스 이벤스의 〈비〉를 봤다. 맑았던 하늘이 흐려지며 비가 오는 순간의 암스테르담 거리를 포착한 오래된 흑백영화인데, 1929년에 찍었으니 지금의 내가 보고 있는 건 약 100년 전의 도시 풍경인 셈이다. 빗물이 한가득 고여 있는 거리, 그 위로 동심원을 그리며 떨어지는 빗방울, 물웅덩이를 훑고 지나가는 트램과 자전거, 우산을 펴 드는 사람들, 우산이 없어 숄을 길게 펼쳐서 함께 쓰고 달려가는 소녀들. 풍경 자체는 지금과 크게 다르지 않은 것 같은데, 프레임 안에 담겨 있으니 모든 게 특별히 아름다워 보인다. 축축한 비 냄새가 훅 끼쳐오는 것 같다. 참을 수 없이 막걸리와 파전이 먹고 싶어진다…….

비 오는 날 서이제 작가와 이 영화를 함께 보는 미래를 상상해본다. "오~" "와……!" 같은 한 음절짜리 감탄사 말고 제대로 된 감상을 말할 수 있을지는 잘 모르겠지만, 어쩌면 영화가 끝난 뒤에 '우리 이제 파전 먹으러 갈래요?'라는 제안은 할 수 있을지도 모른다. 그리고 파전집에서 막걸리를 한 세 사발쯤 마시면 이렇게 물어볼 수도 있을 것이다. 작가님은 이 영화를 왜 좋아하시나요? 저는…….

나는 이 도시를 사랑하게 되었다

가본 적 없는 곳에 애정을 갖는 일　　서이제

　어린 시절로 다시 돌아가게 된다면 무술을 배우고 싶다. 합기도, 태권도, 검도, 유도 같은 것들. 그림이나 피아노는 배우러 다녔으면서 어째서 도장은 다니지 않았는지 모르겠다. 택견을 배우는 친구를 보면서 나도 한번 배워보고 싶다고 생각했는데. 매일 낙법을 연습하는 친구를 보면서 나도 한번 해보고 싶다고 생각했는데. 아마 나와는 어울리지 않는다고 느꼈던 것 같기도 하다. 그러면서도 나는 아무도 없는 집에서 혼자 허공에 주먹을 날려보거나 발차기를 해보곤 했다. 특히 발차기를 많이 했는데, 허공에 발차기를 하다 보면 땀이 나고 기분이 좋아졌다.

　조금 더 자라서는 유도에 빠져 지냈다. 내가 다녔던 중학교는 여성 청소년 유도로 유명한 학교라서 매년 유도

회관으로 경기를 보러 갔다. 체급별로 나뉘어 있는 경기를 관람하며, 나보다 훨씬 키가 작거나 말라도 업어치기를 기막히게 할 수 있다는 사실을 알게 되었다. 경기를 보면서 소망하기도 했다. 나도 한 번쯤 업어치기를 해봤으면! 그렇다고 업어치기를 해볼 기회가 아예 없었던 건 아니다. 하루는 체육 시간에 체육 선생님이 나를 위아래로 훑어보더니 물었다. "야, 너 공부 못하지? 공부 싫지?" 그때 나는 칼같이 대답했다. "아니요, 저 공부 잘하는데요?" 꽤나 당돌하게 말했던 것으로 기억한다. 그러자 선생님은 내게 유도를 잘할 것 같다며, 관심이 있으면 유도를 한번 해봐도 좋을 것 같다고 했다. 나는 겉으로 시큰둥한 반응을 보였으나, 사실은 조금 두근거렸다. 수업이 끝나고 집으로 가는 길에도 그 말은 계속 머릿속을 맴돌았다. '내가 유도를? 업어치기를? 그렇지, 내가 운동신경이 나쁘지 않지. 아니, 꽤 좋은 편이잖아.' 그러나 그 이상 진지해지지는 않았다. 내가 할 수 있는 일이 아니라고 생각했다. 만약 그때 유도를 시작했다면 지금쯤 나는 어떻게 되었을까. 종종 상상해보곤 하는데 역시나 그림이 잘 그려지지 않는다.

운동이나 무술은 할 수 없을 것 같았던 반면, 영화는

할 수 있을 것 같았는데 할 수 있을 것 같다고 느낀 데에는 그 어떤 근거도 없었다. 그냥 느낌이 그랬다. 나는 성룡과 이연걸을 좋아했고, 언젠가 한 번쯤 〈황비홍〉이나 〈취권〉 같은 영화를 만들고 싶었다. 〈와호장룡〉에서의 장쯔이, 〈킬빌〉의 우마 서먼과 같은 움직임을 만들고 싶었다. 내가 원화평 감독을 좋아했나? 이제 와 돌이켜 보면, 나도 모르는 사이 원화평의 액션 세계에 매료되어 있었던 것 같다.

한국에서는 단연 류승완 감독의 영화를 좋아했다. 폭발적인 에너지를 뿜어내는 몸의 움직임을 볼 수 있었기 때문이다. 확실히 나는 인간의 몸이 만들어내는 이미지의 운동성을 좋아했다. 특히 〈아라한 장풍대작전〉과 〈다찌마와 리: 악인이여 지옥행 급행열차를 타라〉, 그리고 〈짝패〉에 열광했다. 〈짝패〉는 류승완 감독과 정두홍 무술감독이 직접 출연해 합을 맞춘 영화였는데, 나는 그 점이 좋았다. 감독이 배우에게 움직임을 지시하지 않고 직접 움직인다는 점이. 움직임을 실행하는 것과 움직임을 만드는 것은 어떻게 다른가, 고민하게 되었다. 나는 움직임을 실행할 자신이 없어, 움직임을 만들고자 했으니까. 나는 이 영화가 오직 움직임을 위해 움직이고 있다고 생각했다.

그 점이 좋았다.

또 이 영화가 좋았던 점은 내가 사는 도시가 나왔기 때문이다. 정두홍이 밤거리를 걷다가, 브레이크댄스를 추는 젊은이 무리와 시비가 붙어 싸우게 되는 장소. 영화 속 배경은 충청도의 가상 도시 '온성'이었지만, 실제로 그들이 싸우는 곳은 청주 성안길이었다. 그곳은 청주와 청원군 사람들이 '시내'라고 부르는 곳, 그러니까 내가 수십 번도 더 걸었던 거리였다. 내가 사는 도시가 영화 속에 나오다니, 그때는 그게 그저 신기했다. 내가 아는 장소가 영화 속에 나온 건 그때가 처음이었으니까.

훗날, 나는 류승완 감독의 영화 〈베테랑〉에서 성안길을 다시 보게 되었다. 서도철(황정민 분)이 조태오(유아인 분)를 추격한 끝에 도착한 장소. 영화 속에서는 명동 거리로 설정되었지만, 실제로는 성안길이었다. 그러니까 서도철과 조태오는 실제로 존재하지 않는 명동에서 싸우는 것이었다. 그리고 이 소란을 지켜보던 남자(마동석 분)가 그들에게 다가가 말한다. "나 여기 아트박스 사장인데." 그럼 나는 속으로 말한다. '그 아트박스 내가 자주 갔던 아트박스인데.' 그렇게 공간은 영화를 통해 새롭게 형성되기도 한다.

류승완의 영화를 본 이후, 성안길은 내게 이전과 다른 느낌으로 다가왔다. 너무도 정적인 느낌이라고 해야 할까. 평온하다고 해야 할까. 따분한 거리라는 생각이 들었는데, 그건 아마 내가 그곳에서 영화적인 움직임을 기대한 탓일 수도 있다. 〈짝패〉에서처럼 빠름과 느림이 끊임없이 교차되는 움직임을, 〈베테랑〉에서처럼 차와 오토바이를 타고 빠르게 질주하는 움직임을, 그러니까 몸의 움직임과 카메라의 움직임이 합을 이루는 그 영화적인 움직임을 말이다. 그러나 그 거리에 그런 움직임은 없었다. 대신 나는 성안길을 걸으며, 현실에서의 움직임을 만들어보았다. 정말로 아무런 일도 벌어지지 않을 것 같은 거리구나. 그래, 현실에서는 그래야지. 영화는 현실이 아니야. 그런데 류승완의 영화에서 청주 성안길이 청주 성안길이었던 적이 있었나? 정말로 영화는 현실이 아니었다.

대학생이 되면서 나는 경기도 안산에 오게 되었다. 대학이 아니었다면 절대로 올 일이 없었을 것이다. "서울예술대학교에 가면 서울에 갈 수 있을 줄 알았는데. 서울예대라고 해서 와봤더니 안산이었어." 동기들은 조소 섞인 말장난을 쳤다. 학교가 협소한 부지 문제를 해결하기 위해,

서울 명동에서 경기도 안산으로 학교를 이전했기 때문이다. 그렇게 낯선 도시에서 나의 이십대가 시작되었다.

안산은 몹시 춥고 스산했다. 그리고 퇴폐적인 느낌이었달까. 그게 안산에 대한 나의 첫인상이었다. 거리는 지저분했고 담배 연기가 자욱했다. 여기저기 쓰레기가 쌓여 있었다. 사람들은 개의치 않았다. 적어도 내 눈에는 그래 보였다. '안산은 한국의 고담시야. 범죄도 많이 일어나고 사이비종교도 많아.' 당시 사회에 큰 충격을 주었던 몇 가지 사건들이 안산에서 벌어졌으므로 그런 말들이 나돌기도 했다. 위험한 도시에 오게 되었다고 생각하면서도 나는 그런 말은 별로 인정하고 싶지 않아 했다.

안산에 온 지 얼마 지나지 않아, 나는 친구와 번화가에 갔다가 우연히 침착맨(구 이말년)을 봤다. 친구가 내 옆구리를 툭툭 치며 호들갑을 떨었다. 그는 쓰레기로 가득한 거리를 호기롭게 걷고 있었다. 자욱한 담배 연기를 뚫으며 마치 런웨이를 걷듯, 슬로모션을 건 듯. 화려한 네온사인 불빛마저 그를 호위하고 있었다. 오, 누아르네, 하고 나는 생각했다. 그가 우리를 스쳐 지나간 후, 친구는 이말년에 대한 찬사를 늘어놓았다. "이말년은 혁신이지. 혁신 그 자체야." 어떤 말들은 설득력이 있었고, 어떤 말들은 당최 무슨 말인지 알아들을 수 없었다. 어쨌거나 내게 안산은 한동안 이말년의 도시였다. 그래, 이말년의 도시에서 언젠가 이말년과 어깨를 나란히 하는 예술인이 되겠어! 나는 포부를 다졌다. 농담 반 진담 반이었다.

내가 자주 다녔던 거리에는 예술인아파트가 있었다. 이름만 예술인아파트인 줄 알았는데, 알고 보니 1980년대 예술인복지재단에서 예술인들의 거주 및 창작 공간을 마련해주려고 세운 아파트였다. 그뿐만 아니라, 안산에는 경기도미술관과 예술의전당이 있었다. 김홍도가 태어난 도시로서 그의 작품을 볼 수 있는 단원미술관도 있었다. 매년 국제거리극축제가 열리고, 시민과 함께하는 문화예술행사가 자주 열리는 도시. 안산은 문화예술의 도시였다.

그래서일까. 이상하게도 나는 안산 시민들이 예대 학생들, 그러니까 미래의 예술인들에게 큰 호의를 베풀어주고 있다는 인상을 받았다. 나에게만 호의적이었을 수도 있지만, 내가 운이 좋았을 수도 있지만. 예를 들면, 택시를 탈 때나 식당에 갈 때도 예대 점퍼를 입고 있으면 별다른 이유 없이도 시민들의 격려를 받곤 했다. "안산에 예술대학이 있어서 참 좋아. 꼭 멋진 영화 만드세요.

예대 애들이 참 예의 바르고 착해." 내 눈에는 별로 그래 보이지 않았으나, 시민들은 우리에게 언제나 따뜻한 말들을 건네주었다. 촬영에도 협조적이었고, 거리에서 노래를 부르고 춤을 춰도 이해해주는 분위기랄까. 정말 민폐 그 자체였는데도 말이다. 안산시는 예대 입학식 날, 지하철역에서 학교까지 차도를 빌려주어 신입생들이 행진할 수 있도록 해주었다. 교통을 이용하는 시민들에게 불편을 끼칠 수 있었을 텐데도. 시민들은 거리로 나와 학생들이 노래를 부르며 행진하는 것을 지켜보면서, 그것을 하나의 축제로 받아들여주었다. 학교가 서울에 있었어도 이런 일이 가능했을까. 가끔 나는 그런 생각을 하며, 많은 부분에서 시민들의 격려와 배려를 받고 있다고 느꼈다. 그렇게 나는 점점 안산에 대한 좋은 인상을 쌓아갈 수 있었다.

그 무렵, 나홍진 감독의 영화 〈황해〉가 개봉되었다. 연변에서 한국으로 밀입국한 김구남(하정우 분)이 실종된 아내를 찾는 공간으로 안산 원곡동이 나왔다. 원곡동은 내가 사는 동네와는 거리가 있었지만 그래도 몇 번 가본 적이 있는 곳이었다. 다문화특구로서, 공단으로 일을 하러 온 이주노동자들이 있는 곳. 여러 언어와 문화가 겹쳐 있어 이색적인 풍경을 만드는 곳이었다. 영화 속에서 원곡동은 굉장히 위험한 공간, 금방이라도 범죄 사건이 벌어질 것만 같은 공간으로 묘사되었다. 그러나 그게 전부는 아니었다. 안산 원곡동의 전부는 아니었다는 말이다. 이따금 내가 안산에 살고 있다고 하면, 내게 이렇게 묻는 사람들도 있었다. 거기 〈황해〉 촬영지 아니야? 무서워서 그런 곳에 어떻게 살아. 거기는 외국인들이 엄청 많지? 그들은 모두 영화나 뉴스, 미디어를 통해 안산을 이해하게 된 사람들이었다. 내가 알고 있는 안산과는 차이가 있어 보였다.

한번은 AS센터에 갔다가, 휴대폰을 수리해주는 분과 우연히 안산에 대한 이야기를 나누게 되었다. 그는 내 또래였는데, 안산에서 태어나 안산에 있는 대학을 나왔다고 했다. 현재도 이렇게 안산에서 일을 하고 있으며 가능하다면 앞으로도 계속 이곳에서 살고 싶다고 했다. "안산 좋지 않아요? 그런데 밖에서 보는 안산은 그렇지 않은 것 같더라고요. 그래서 조금 놀랐어요. 안산이 그런 이미지인지, 얼마 전까지 아예 모르고 살았거든요." 그는 안산 시민으로서 느꼈던 점을 내게 말해주었다. 나도 그에게 안산에 처음 왔을 때 내가 느꼈던 인상에 대해, 실제로 이곳에 살면서 느끼게 되는 것들에 대해 이야기했다. 안산에 살면서 느꼈던 것들을 소중히 간직하고 싶었다. "사람들이 참 좋은 것 같아요. 다들 저한테 따뜻하게 대해줬어요."

또 한번은 친한 시인과 안산에서 함께 추석을 보낸 적이 있다. 시인은 안산에서 태어나 안산에서 대학교를 다녔는데, 나는 그로부터 내가 그동안 몰랐던 이야기를 들을 수 있었다. 안산 사람들은 과거 IMF 때 돈을 벌기 위해 온 사람들이잖아. 공단이 있으니까. 나는 그로 하여금 내가 안산에 살지 않았던 시기의 안산을 머릿속으로 그려볼 수 있었다. 곧이어 우리는 세월호 참사 이후 완전히 뒤바뀐 도시의 분위기에 대해, 어딜 가나 자꾸만 그날의 일을 상기하게 되는 이 도시에 대해 이야기했다. 그날 이후, 도시는 오래도록 침잠해 있었다. 어떤 식으로든 이전으로 돌아갈 수 없다는 것을, 말 그대로 체감하게 되었다. 우리가 사는 곳에서 그리 멀지 않은 곳에 단원고가 있다는 사실을 기억할 수밖에 없었다. 한 도시에 오래 머무는 것은 그 도시의 변화를 겪는 일, 즉 그 도시의 서사를 살아가는 일이라는 생각이 들었다.

그렇게 그와 하루를 다 보내고 나는 헤어지기 아쉬워,

그를 역 앞까지 바래다주었다. 나는 "안산 좋아. 언젠가 우리 둘이 안산에 관한 글을 함께 쓸 수 있으면 좋겠다"라고 말했다. 그도 좋다고 했다. 그리고 역 앞에 거의 도착했을 때, 그가 내게 말했다. "그런데 나만 안산 하늘 예쁘다고 생각하는 거 아니지?" 그 말에 나는 놀랐는데, 왜냐면 나도 줄곧 안산 하늘이 예쁘다고 생각해왔기 때문이다.

한때 나는 안산을 떠나고 싶었다. 어떻게 해서든 떠나려고 했었다. 대학을 졸업한 후, 서울로 일을 다니게 되었으니까. 출퇴근하는 데만 네 시간이 걸렸으니까. 몸도 마음도 지쳐갔다. 그러나 서울 집값은 만만치 않았다. 작더라도 화장실이 깨끗하고 난방이 잘되는 집이면 족했는데 그것조차도 내게는 사치였다.

그때 나는 지방 사람이 서울에 터를 잡는 게 얼마나 어려운 일인지를 절실히 알게 되었다. 그건 지방 사람이 경기도에 가는 것과는 차원이 다른 문제였다. 분노했다. 아무리 열심히 일을 해도 내 집 하나 가질 수가 없네. 내가 절대로 넘을 수 없는 거대한 벽을 느꼈다. 그러다가 하루는 여느 때와 같이 퇴근을 하고 역에서 내렸는데, 하늘이 너무 예뻤다. 보랏빛 하늘이었다. '안산은 하늘이 참 예쁘지.' 속으로 되뇌었다. 역을 빠져나와, 하늘을 보며 걸었다. 계속 걸었다. '그래, 수도 없이 봤어. 여기서 수도 없이 봤던 하늘인데.' 하늘을 바라보는데 갑자기 눈물이 났다. 잠시 벤치에 앉아 쉬었다. '그래, 여기에 조금 더 살아야지. 머물러야지. 애써 떠나려고 하지 말아야지. 이렇게 하늘이 아름다운 도시라면 더 살아도 좋잖아.' 갑자기 그런 생각이 들었다. 논리적인 생각은 아니었으나, 그 순간만큼은 그것만으로도 충분했다.

안산에 살며, 내가 보았던 몇 가지 장면이 나를 스쳐 지나갔다. 공단 쪽에서 넘어오는 뿌연 미세먼지. 숨이 막히고 이대로 지구가 멸망하는 건 아닌가 생각하게 만드는 그 하늘, 그러니까 어딘가에서 고되게 일을 하고 있을 사람들을 생각하게 되는 그 하늘. 그러다가 미세먼지가 잦아들면 쾌청한 하늘도 볼 수 있는 곳. 해 질 무렵에는 보랏빛 하늘을 볼 수 있는 곳. 이상하게도 동네에는 까치가 많았다. 주공 아파트 단지를 배회하는 까치들. 늦은 오후, 교문 밖으로 쏟아져 나오는 고등학생들의 모습. 아이들의 가방에 하나같이 달려 있던 인형과 노란 리본. 그날을 상기하게 만드는 도시 곳곳의 현수막과 적막. 어딜 가나 나타나는 서울예대 점퍼를 입은 학생들. 지하철과 터미널에서 종종 만나게 되는 이주노동자들. 고작 내 또래밖에 되지 않은, 나와 얼굴색만 다를 뿐인 사람들. 명절이 되면, 이주노동자들로 가득 찼던 번화가. 그들이 다같이 단체 사진을 찍던 모습. 그들 손에 들린 쇼핑백과 밝은 미소들. 내가 이방인처럼 느껴졌던 거리. 거리극축제로 북적거리던 광장과 내게 호의를 베풀었던 시민들. 영화에서는 볼 수 없었던 장면들이 머릿속에서 이어졌고, 나는 이 도시를 사랑하게 되었다는 걸 깨달았다. 온갖 편견과 오해로 가득한 이 도시가 문화예술의 도시인 게 참 이상하다고 생각했다. 여기에는 어떤 이유가 있을 것이다. 그날 나는 이곳에서 내가 해야 할 일이 더 남아 있음을 예감하게 되었다. 영화에는 모두 담을 수 없었던 이 도시의 서사를 살아보고 싶었다. 그리고 훗날 이 도시를 떠나며 다짐했다. 내가 보았던 모든 것을 언젠가 소설로 쓰겠다고.

영화를 보고 안산을 이해했던 사람들처럼, 나 또한 내가 가본 적 없는 대부분의 공간을 그렇게 이해하고 있을 것이다. 영화 속 공간, 그러니까 영화 촬영지에 가보고 싶다고 생각했던 적은 그리 많지 않았다. 얼마 되지 않아 다섯 손가락에 꼽을 수도 있는데, 그중 하나가 바로 오키나와였다. 〈릴리 슈슈의 모든 것〉〈안경〉〈소나티네〉〈체케 랏쵸!〉의 배경이 되는 장소. 모두 내가 좋아하는 감독의 영화이기도 했지만, 무엇보다도 바다가 나와서 좋았다. 어린 시절에 바다가 없는 도시에 살았기 때문인지는 모르겠으나, 바다를 보면 언제나 신비로운 느낌을 받았다. 나도 한 번쯤 그 바다를 실제로 보고 싶었다. 채도가 높은 하늘과 투명한 바다를 보고 있으면, 마음까지 맑아지는 것 같았다. 더군다나 오키나와는 아무로 나미에와 오렌지 렌지의 섬이니까. 오키나와를 생각하면 언제나 밝고 맑은 이미지들이 먼저 떠올랐다.

그러나 이상일 감독의 〈분노〉를 본 이후에는 오키나와를 그런 이미지로만 떠올릴 수 없게 되었다. 이 영화를 본 날, 나는 완전히 기진맥진하여 벤치에 한참을 앉아 있었다. 밥을 먹으면 조금 나아질 것 같았는데, 밥을 먹으러 갈 힘조차 남아 있지 않았다. 허탈하고 우울하고, 이따금 화가 나기도 했는데 영화에 화가 난 것인지 세상에 화가 난 것인지 알 수 없었다. 이즈미(히로세 스즈 분)가 미군에게 성폭행당하는 장면이 굉장히 불편하게 묘사되기도 했고, 이에 충격을 받기도 했고, 분노에 대해 생각하다가 또 분노하기도 했으니까. 그날 나는 '벽에 깊이 새겨져' 지워지지 않는 분노에 대해 오래도록 생각하게 되었다. 어쩌면 밥을 먹지 않고 영화를 보기 시작한 것, 그리고 영화가 길었던 것이 문제였을 수도 있다. 어쨌든 그날 이후, 오키나와를 떠올리면 뜨겁고 아픈 이미지들이 몰려왔다. 이제는 줄거리조차 거의 기억나지 않지만, 그럼에도 주일미군 철수를 요구하는 시위 장면과 이즈미가 텅 빈 바다에서 소리를 지르는 장면은 오래도록 기억에 남았다.

실제로 오키나와는 역사적 슬픔을 간직한 섬이었다. 한때 '류큐 왕국'이라는 이름의 독립국이었지만, 일본 제국의 침략으로 일본에 편입된 후 군사기지로 이용되었던 섬. 그럼에도 오키나와 주민들은 일본인과 동등한 지위를 얻지 못했고, 심지어 제2차 세계대전 말에는 일본군에 의해 집단 자결을 강요받기도 했다. 전쟁 이후에는 미군이 오키나와를 미군기지로 사용했으며, 반환 이후 현재까지도 일본 최대의 미군기지가 분포되어 있는 곳이라고 한다. 내가 오키나와에 대해 아는 바는 그리 많지 않지만, 그곳이 지닌 서사는 내게 복잡한 감정을 야기했다. 밝고 맑은 자연의 모습과는 다르게 아픈 역사를 지닌 섬. 그렇게 나는 오키나와에 가본 적도 없이, 그곳에 대한 하나의 인상을 만들어가고 있었다.

이지수 번역가는 오키나와에 가본 적이 있다고 했고, 나는 그에게 오키나와에 대한 인상을 들려달라고 했다. 그러니까 영화나 가이드북에는 나오지 않는 이야기를 해달라고. 오키나와 술집에서는 민요가 많이 나왔다고 했다. 고야볶음밥이 무척 맛있었다고도 했다. 고야가 뭐냐고 물으니, 우리나라에서는 '여주'로 번역된다고 했다. 나는 오키나와 술집에서 민요를 들으며 맥주에 고야볶음밥을 먹는 내 모습을 상상해보았다. 나는 이지수 번역가에게 당장 고야볶음밥을 먹으러 가자고 했다. 왠지 홍대 어딘가에 고야볶음밥을 파는 가게가 있을 것 같았지만, 한참을 찾아보아도 나오지 않았다.

또, 오키나와에 대한 다른 이야기도 들을 수 있었는데 그중에서도 특히 동굴에 관한 이야기가 마음에 오래 남았다. 전쟁 당시, 오키나와 사람들이 숨어 살던 동굴을 실제로 보고 큰 충격을 받았다고. 그곳은 오키나와 주민들의 피난처이자 자결의 장소이기도 했다. 그러니까 미군에게 포위당할 것을 우려한 일본군이 오키나와 주민들에게 집단 자결을 강요했던 역사가 한 장면으로 요약되었던 것이다. 나는 이지수 번역가의 눈을 통해 오키나와를 볼 수 있었다. 그런 방식으로 실제로 본 적 없는 장면을 마주할 수 있었는데, 그건 좋은 일이었다. 그 후, 나는 오키나와를 소금 더 좋아하게 되었다. 가본 적도 없는 곳에 어떤 애정을 가질 수 있다는 게 참 신기했다.

사라졌지만 이어지는 것

이지수

가마쿠라에 처음 간 것은 2007년 초여름이었다고 기억한다. 나는 당시 도쿄의 위쪽에 붙어 있는 사이타마라는 곳에서 학교를 다니고 있었다. 짧은 유학 생활이었지만 할 건 다 해보자는 생각으로 사진 동아리에 들어갔는데, 거기서 유키와 밋치라는 두 친구를 만났다. 우리는 자주 서로의 집에 놀러 가 요리를 해 먹고 방바닥에 누워 수다를 떨다가 잠을 잤다. 생일이면 현관문에 선물을 걸어두기도 했다. 그들과 함께 있으면 내가 이방인이라는 사실을 잊을 수 있었다.

아마도 내가 귀국하기 전의 기념 여행으로 우리 셋은 가마쿠라에 갔다. 사이타마에서 전철을 갈아타며 한 시간 40분 정도 가면 가마쿠라에 도착한다. 거기서 무엇을 했더라. 시치리가하마 해안에 독수리가 날아와 어린이가 쥐고 있던 팥빵을 낚아채는 걸 봤다. 하와이안 음식점에서 맘바디를 보며 피자를 먹고 칵테일을 마셨다. 밋치가 새벽부터 크게 아파서 펜션 냉장고를 뒤서 방울토마토를 두세 개 훔쳐 와 먹인 뒤 약을 구해다 줬다(빈속에 약을 먹으면 안 된다는 생각에 어차피 우리 조식으로 나올 방울토마토를 가져온 것이었는데, 그 모습을 본 유키는 나의 도둑질이 너무 대담하다며 배를 잡고 웃었다). 밋치의 컨디션이 나아지지 않아서 그날은 아무것도 못 하고 아침 일찍 사이타마로 돌아왔다.

이 여행에서 찍은 사진이 딱 두 장 남아 있다. 하나는 연꽃밭을 배경으로 밋치가 손바닥만 한 소형 카메라를 쥐고 있는 것이고, 다른 하나는 유키가 롤라이플렉스로 펜션의 창틀을 찍고 있는 것이다. 두 장 다 내가 야후 옥션에서 낙찰받아 산 중고 펜탁스 미슈퍼로 찍었다. 그로부터 15년이 지났고 우리는 이제 연락하지 않는 사이가 되었다. 물리적으로 벌어지고 만 관계를 이어나가려면 누군가는 그만큼 노력해야 했겠지만 우리는 그렇게 하지 못했다. 나는 한국으로 돌아와 취업 전선에서 살아남느라 바빴고, 유키와 밋치는 대학원에 진학해 새로운 생활 속으로 빨려 들어갔다. 노력으로 유지되는 관계란 부자연스러운 관계 아닌가, 거기에 무슨 의미가 있을까 하는 생각도 있었다. 하지만 인연이 그렇게 쉽게 휘발될 줄 알았더라면 필름을 아까워하지 않고 두 사람을 더 많이 찍어뒀을 것이다.

　가마쿠라에 두 번째로 간 것은 2016년 초봄이었다. 나는 네 군데의 회사에 차례로 사표를 던진 뒤 전업 번역가가 되어 있었고, 마지막 직장에서 만난 친구 구달이 그 여행을 함께했다. 처음 갔을 때는 동네를 돌아다닐 경황이 없어서 몰랐는데 가마쿠라는 높은 건물을 찾기 힘든 아기자기한 마을이었다. 바다를 끼고 달리는 노면전차에서 보이는 풍경 또한 말도 안 되게 아름다웠다. 거리는 깨끗하면서 조용했고, 따뜻한 햇살이 미로 같은 골목길 구석구석에 내려앉아 있었다.

　숙소에 짐을 두고 나와 걷던 중 한 대형견을 만났다. 산책을 시키던 할머니께 강아지 이름을 물어보니 "햄. 먹는 햄"이라고 했다. 햄을 좋아해서 그런 이름이 되었단다. 덩치만 컸지 아직 아기였던 햄은 우리 주변을 빙빙 돌면서 부드럽게 컹컹거렸다. 구달과 나의 정강이에 제 몸을 비비기도 했다. 우리는 손이 닳을 정도로 햄을 쓰다

들어준 뒤 〈바닷마을 다이어리〉에서 둘째 요시노(나가사와 마사미 분)가 남자친구와 데이트를 했던 마고코로 식당으로 향했다. 요시노가 앉았던 2층 창가 자리가 다행히 비어 있었다. 거기서 눈앞에 펼쳐진 수평선을 바라보며 채소튀김을 먹으니 속세의 온갖 시름이 잊혔다. 언젠가 이 동네에서 꼭 살아보고 싶다는 생각이 절로 드는 맛이었다. 10년쯤 뒤에 다시 와도 이 가게가 남아 있기를 속으로 빌었다.

밥을 먹고 나와 부른 배를 꺼트리기 위해 정처 없이 걸었다. 가마쿠라의 골목길은 내가 잠시 다녔던 사이타마 대학교 근방과 조금 닮았다. 자전거를 타고 달리다 보면 담장 낮은 단독주택과 학생들이 사는 낡은 연립주택이 번갈아 나오는 곳. 비석이 촘촘히 서 있는 공동묘지와 공터에서 야구 연습을 하는 초등학생들이 한 시야에 들어오는 곳. 강가에는 벚나무가 있고 그 아래 벤치에 누울 때면 이렇게 행복해도 되나 싶을 정도로 좋았던 곳. 내 이십대의 일부가 고여 있는 곳. 계절은 열 번도 넘게 되돌아왔지만 나는 단 한 번도 그 풍경들을 잊은 적이 없다. 가마쿠라의 골목길은 그때의 감정을 내게 환기시켜 대책 없는 그리움에 빠지게 했다.

유튜브 채널 〈조승연의 탐구생활〉에서 조승연 작가가 이런 말을 한 적이 있다. 파리는 언제 가도 변함이 없어서 거기서 보낸 젊은 시절이 그곳에 고스란히 고여 있는 느낌이 든다고. 아마 가마쿠라도 누군가에게는 파리 같은 구실을 하는 도시일 것이다. 모든 게 정신없이 빠르게 변하는 곳에서 살다 보면 그 속도감 자체에 종종 피로해지는데, 그럴 때 이런 동네로 훌쩍 놀러 가 오래된 것들을 바라볼 수 있다면 얼마나 마음이 안정될까('훌쩍' 놀러 가기 위해 필요한 것. 왕복 비행기 티켓, 숙소비, 밥값과 유흥비, 기타 등등. 아무래도 일을 더 열심히 해야겠지……).

다음 목적지는 〈바닷마을 다이어리〉 속 네 자매의 집 근처로 설정된 고쿠라쿠지역이었다. 출입구가 지상에 한 군데밖에 없는 작고 소박한 전철역으로, 막내 스즈(히로세 스즈 분)와 둘째 요시노는 학교와 회사에 지각하지 않으려고 집에서 이곳까지 전력 질주를 하고 첫째 사치(아야세 하루카 분)는 오랜만에 재회한 엄마를 여기서 배웅한다. 스즈가 학교 친구 후타에게 고민을 털어놓고 위로받는 장소도 이 역의 벤치다. 도착해보니 주변에 숲이 우거져 있어서 흙과 나무 냄새가 났다.

근처를 어슬렁거리다가 근사한 빈티지 숍이 있어서

들어가봤다. 스리피스 슈트를 차려입고 머리에 포마드를 바른 사장님이 우리를 맞이했다. 이 가게에서 파는 물건은 전부 지인에게 직접 구매한 것이라서 연식에 비해 상태가 매우 좋다는 설명이 뒤따랐다. 입생로랑의 갈색 울 코트가 눈에 들어와서 한참을 만져보며 탐을 냈지만 나한테는 너무 컸다. 호주머니도 내 손끝보다 한참 아래쪽에 달려 있었다. 결국 나보다 키가 훨씬 크고 팔다리도 긴 구달이 구매했는데, 숙소로 돌아와서도 미련을 완전히 떨치지 못해 한 번 더 걸쳐보긴 했다. 다다미방에서 오래된 나무 창을 배경으로 그 코트를 걸치고 있는 나를 보고 구달은 "식민지 시대의 자객 같다. 주머니에 총 들어 있을 것 같다"라고 평했다. 하지만 설령 총이 들었다 해도 호주머니에 손이 안 닿아서 꺼내지 못하겠지…….

둘째 날에는 노면전차 '에노덴'을 타고 『슬램덩크』 팬들의 성지인 가마쿠라코코마에역(만화에서는 능남고 앞)에 갔다. 보통은 관광객이 바글바글하다고 들었는데 우리가 갔을 때는 이상하게 썰렁했다. 만화 캐릭터처럼 야무지게 볼터치를 한, 오사카 사투리를 쓰는 아가씨 둘이 텅 빈 거리에서 서로 사진을 찍어주고 있을 뿐이었다.

이곳은 『슬램덩크』 애니메이션 버전의 오프닝에서 강백호가 가방을 한쪽 어깨에 들쳐 메고 철길 건너편의 소연이에게 손을 흔드는 장면의 배경으로 등장한다. 평소에는 몇십 명의 관광객이 강백호처럼 가방을 들쳐 메고 사진을 찍는다던데, 그건 그것대로 장관일 듯했다. 그 사실을 몰랐던 나는 평범하게(?) 덩크슛하는 포즈로 사진을 찍었다. 나중에 필름을 현상해보니 점프 후 착지 직전에 찍혀서 발은 땅바닥에 붙어 있고 몸은 Z 자 모양을 하고 있었다…….

　이어서 향한 곳은 에노시마라는 작은 섬이었다. 〈바닷마을 다이어리〉 자매들의 단골집인 '바다 고양이 식당(실제 이름은 분사 식당)'에서 잔멸치덮밥을 꼭 먹어보고 싶었는데, 그 식당이 에노시마에 있었던 것이다. 밥때보다 조금 이른 시간에 도착해 식당 근처를 구경했다. 방파제에 올라가니 햇살이 파도에 잘게 부서지고 있었고 머리 위로는 독수리가 날아다녔다. 야생의 독수리를 그렇게 오랫동안 관찰한 적은 처음이었다. 그들은 날개를 펄럭이지 않고 쫙 펼친 채 공중에서 지그재그로 이동했다. 비행이라기보다 활강에 가까운 움직임이었다. 멀리서 볼 때는 멋있었는데 가까이 다가오자 우리는 공포에 질렸고(그들은 인간의 가방이며 음식을 매우 잘 채 간다. 정말이지 양아치가 따로 없다), 다급히 방파제 아래로 내려가 식당으로 피신했다.

영화 속 바다 고양이 식당은 상큼한 네 자매와 어린 학생들의 단골집이었다. 하지만 실제 분사 식당은 백발이 성성한 할아버지들의 사랑방인 듯했고, 식당 전체가 담배 냄새에 찌들어 있었다. 그런 곳에 외국인 둘이 와서 잔멸치덮밥을 주문하는 게 신기했는지 한 영감님이 여기를 어떻게 알고 왔냐고 물었다. 그러자 다른 영감님이 "왜, 영화에 이 식당이 나오잖아! 저기 포스터 있지? 저것만 봐도 배경이 쇼와시대잖아" 하면서 벽에 붙어 있던 〈바닷마을 다이어리〉 포스터를 가리켰다. 현대물입니다만……. 고레에다 히로카즈, 의문의 1패였다.

대망의 잔멸치덮밥이 나왔다. 영화 속 비주얼 그대로 싱싱하고 통통한 멸치들이 밥 위에 가득 올라가 있고 그 아래위로 얇게 썬 김과 차조기가 적당히 곁들여져 있었다. 허지웅 작가는 〈씨네21〉에 실은 가마쿠라 여행기에서 이 식당의 잔멸치덮밥을 일컬어 "이것은 덮밥의 이데아다"라고 썼다. 적당히 짭짤한 잔멸치가 향긋한 차조기, 고소한 김과 어우러지는 그 맛은 과연 덮밥의 이데아라 칭할 만했다. 정신없이 퍼먹다가 문득 맞은편을 보자 구달이 난처한 표정으로 멸치를 걷어내고 있었다. 자기 입맛에는 너무 짜다고 했다. 바다 맛을 모르는 서울 토박이 같으니라고. 나는 구달이 걷어낸 멸치까지 가져와 싹싹 해치웠다. 체면을 차리지 않아도 되는 친구와의 여행은 여러모로 좋은 것이다.

두 번째 가마쿠라 여행에도 나는 펜탁스 미슈퍼를 들고 갔는데, 그때는 서랍 속에서 10년쯤 잠들어 있던 흑백 필름까지 죄다 들고 가 셔터를 양껏 눌러낸 덕분에 여행의 흔적들이 지금도 선명하게 남아 있다. 우리가 묵었던 숙소 '빌라 사크라'의 아름다운 창문틀, 강아지 햄의 살색과 흰색과 검은색이 고루 섞인 길고 예쁜 털, 남색 세일러복을 입고 철길을 건너는 여고생들, 두 팔 벌린 고양이 그림 주위로 '죽고 싶어지면 헌책방에 와. 살아 있어, 그대'라고 적혀 있던, 어느 오래된 헌책방 외벽의 도자기 타일. 정작 카메라는 그 뒤 노출계가 망가져 회생 불능이 되었지만, 그걸로 찍은 사진을 볼 때면 이상하게 거기 있는 풍경이 영원히 존재할 것만 같은 착각에 빠진다. 나는 지금도 롤라이플렉스를 든 유키에게 말을 걸 수 있을 것 같다. 연꽃밭 앞에 선 밋치에게 손을 뻗어 머리카락을 만질 수도 있을 것 같다. 그 둘을 내 인생으로 다시 불러들이는 게 왜 불가능한지 내가 가장 잘 알면서도.

서이제 작가와 함께한 『키키 키린의 말』 북토크 때 그는 나에게 고레에다 히로카즈 감독의 어떤 영화를 가장 좋아하냐고 물었다. 나의 대답은 〈바닷마을 다이어리〉였다. 네 자매의 이야기가 스크린 밖에서도 계속 이어질 것 같아서요, 라는 말도 덧붙였다. 『영화를 찍으며 생각한 것』에서 고레에다 히로카즈는 이렇게 썼다. "아버지는 죽었지만 아버지의 피를 이어받은 '스즈'가 있습니다. 어머니는 없지만 어머니와 동갑인 매화나무와 함께 남겨진 '집'이 있습니다. 바다 고양이 식당 주인은 죽었지만 전갱이튀김의 맛은 '마을'에 남습니다. 그리하여 '사라졌지만 이어지는 것'이 장례식을 통해 묘사됩니다." 사라졌지만 이어지는 것이 있다는 믿음. 나는 어쩌면 나 자신에게는 도통 생기지 않았던 그 낭만적인 믿음을 영화를 통해서나마 간접 체험 하는 게 좋아서 〈바닷마을 다이어리〉를 편애하는지도 모른다. 모든 이야기는 어떤 형태로든 이어진다고, 나도 언젠가 그렇게 믿을 수 있다면 좋겠다.

최 고 로 ,   제 일 ,   가 장

친구들의 아이를 만나고 싶다. 내 친구의 얼굴을 쏙 빼 닮은, 이제 갓 말을 배우고 걷기 시작한 아이들. 근 몇 년 사이, 친구들은 줄줄이 결혼을 했고 서로 각자 다른 도시로 흩어졌다. 그곳에서 아이를 낳았다. 이따금 연락을 주고받으며 안부를 묻기도 했지만, 사실상 수시로 꾸준히 근황을 전할 수 있는 건 인스타그램뿐이었다. 인스타그램을 통해 친구들의 아이들이 자라는 모습을 볼 수 있었다. 물론 육아의 고충이 삭제된, 어떤 기준에 의해 선별된 이미지였지만. 그게 삶의 전부가 아니라는 것을 알면서도, 아이들이 자라는 모습을 지켜보는 게 좋았다. 그것이 아이들을 볼 수 있는 거의 유일한 창구였으므로. 나는 아이들이 보고 싶었다. 코로나19가 한창일 때, 그 시기가 지나

면 가장 먼저 하고 싶은 일은 아이들을 만나러 가는 일이
었다. 아이들에게 나를 소개하고, 나도 한 번쯤 아이들을
안아보거나 손을 잡아보고 싶었다. 보고 싶었다. 아직까
지 내가 인스타그램을 하는 이유는 친구들의 아이들 때
문이 아닐까, 하는 생각이 들 정도로.

　내가 인스타그램을 시작하게 된 계기는 데인 드한 때
문이었다. 지금 사용하는 인스타그램 계정은 원래 데인
드한 덕질을 위해 개설되었다. 지난날을 되돌아보며, 지
금은 비공개 보관 중인 인스타그램 게시물을 살펴보니
이런 것이 있었다.

　　내가 인스타그램을 시작한 이유는 데인 드한의 인스
　타그램을 보기 위함이었다는 사실을 (그냥) 이쯤에서 밝
　히고 싶다. 내가 이 사람 저 사람 좋아하는 것처럼 보이
　겠지만, 사실 맞고, 맞지만, 그중에서도 데인 드한에 대
　한 마음이 가장 크고 깊다는걸. 아무도 안 궁금하겠지만,
　(그냥) 이쯤에서 말하고 싶다. 사랑해요, 데인 드한!

(2018년 10월 28일)

인스타그램 계정의 정체성이 흔들리기 시작한 무렵, 이

를 바로잡기 위해 올린 게시물이었다. 소설가가 된 이후, 내 인스타그램 계정은 차츰차츰 소설 발표 지면을 알리는 용도로 변질되어갔다. 그리고 언제부턴가…… 나는 나의 마음을 숨기려고 했다. 아무도 사랑하지 않는 척했다. 오래된 친구들은 내가 데인 드한을 잊은 줄 알겠지만, 사실 나는 단 한순간도 그를 잊은 적이 없다. 〈크로니클〉을 봤던 순간부터 10년이 지난 지금까지도. 언제나 그를 생각하고 있었다.

조시 트랭크 감독의 〈크로니클〉은 멋진 영화였다. (나는 이 영화를 보고, 영화를 포기하려고 했다. 그리고 조시 트랭크의 차기작을 애타게 기다렸다. 그의 차기작은 〈판타스틱 4〉였는데, 개봉 당일 극장에서 보고 내가 뭘 본 건가 싶었다. 내 눈을 의심하고, 다음 날 극장에서 또 보았다. 또다시 내 눈을 의심하게 되었다. 나는 눈앞에 펼쳐진 광경을 믿을 수 없어서, 영화를 한 번 더 보았다. 그렇게 일주일간 한 영화를 극장에서 네 번 보았다.) 팬들마다 이견이 있겠지만, 그럼에도 나는 〈크로니클〉이야말로 데인 드한의 최고작이라고 생각한다. 그의 최고작이 10년 전 작품이라는 사실은 안타까운 점이지만 말이다. 종종 친구들은 놀리듯 내게 묻곤 했다. 데인 드한의 최고작이 뭐라고 생각하느냐고. 그때마다 나는 오기가 생겨, 도리어 망한 작품들을 줄줄 읊어댔다. "음, 아마 〈튤립 피버〉? 〈더 큐어〉? 〈발레리안〉?" 〈발레리안〉은 프랑스에서 제작된 영화 중 최대 규모의 비용이 투입된 영화로, 다시 말하면 적자를 어마어마하게 남긴 영화이기도 하다. 그래, 아무래도 〈발레리안〉이 최고작이지. 가장 큰 영화이고, 가장 크게 망한 영화일 테니까.

언젠가 온라인에서 우연히 '〈튤립 피버〉를 보고도, 여전히 데인 드한을 좋아하는 사람은 정말 지독한 인간'이라는 식의 글을 본 적이 있다. 그래, 나는 지독한 인간이다. 끝내 희망을 버리지 못하는.

과연 데인 드한 필모그래피는 무사할 수 있을 것인가.
추락하는 데인 드한 필모에는 날개가 없지…… 않아.

(2019년 2월 7일)

데인 드한이 에단 호크와 함께 출연한, 서부극 〈원티드 킬러〉가 미국 개봉을 앞두었을 때였나. 데인 드한의 추락하는 필모그래피에 희망을 걸어보며 적어둔 것이다. 이 영화의 촬영이 끝난 후, 데인 드한은 한동안 영화 촬영을 쉬고 있는 듯했다. 코로나19 때문에 영화 제작이 활발하게 이뤄지지 않아서일 수도 있지만, 아마도 육아에 전념하고 있는 듯 보였다.

그에게는 두 명의 아이가 있다. 첫째 딸 보위 로즈 드한, 둘째 아들 버트 드한. 나는 데인 드한의 아이들이 자라는 모습을 지켜보았다. 언제부턴가 그의 인스타그램 피드에 올라오는 건, 모두 그의 딸과 아들 사진뿐이었으므로, 나는 가끔 헷갈리곤 했다. 내가 배우 데인 드한을 좋아하는 것인지, 육아에 전념하는 브루클린의 애 아빠를 좋아하는 것인지. 도대체 누구를 좋아하고 있는 건지 말이다.

내가 데인 드한을 좋아하게 되었을 때, 그는 이미 결혼을 한 상태였다. 그는 고등학교에서 만나 함께 연기를 배웠던 친구 안나 우드와 이른 나이에 결혼했다. 안나 우드 또한 배우였고, 나는 데인 드한을 좋아했기에 자연스럽게 그의 부인 또한 좋아하게 되었다. 그건 신기한 일이었다. 이전에 내가 다른 누군가를 좋아할 때와는 전혀 다른 감정이랄까. 내가 좋아하는 사람이 좋아하는 사람을 나 또한 좋아하게 된다는 것. 드한 부부가 아이를 낳은 이후, 나는 그의 아이들도 좋아하게 되었다. 궁극적으로 나는 데인 드한이 아니라 드한 가족을 덕질하게 되는 상황에 이르게 된 것인데, 어떻게 이런 일이 가능했는지는 알 수 없다. 다만 나는 이것이 나의 마지막 덕질이 될 것임을 직감하고 있었다. 그러니까 다시 말해, 앞으로 내가 관심을 가지게 될 배우 중 그 누구도, 이런 식으로는 좋아할 수 없을 것 같다고 느꼈다. 이렇게 오래, 이렇게 편하게, 이렇게 끊임없는 희망을 품으며, 이렇게 좋아하는 사람이 좋아하는 모든 것을 포함하는 방식으로 누군가를 좋아하는 것은 처음이자 마지막일 것이라고. 그러나 어쩌면 이건 확신이라기보다, 바람이나 다짐에 가까울지도 모르겠다. 데인 드한이 마지막 덕질이 되었으면 하는 마음이랄까. 반드시 그렇게 되었으면 했고, 그건 좋은 마음인 것 같았다.

언젠가 나는 이지수 번역가에게 데인 드한이 나의 마지막 덕질이 될 것이라고 말한 적이 있다. 그는 내게 말했다. 작가님 인생은 아직 창창합니다. 그 말에 고개를 절로 끄덕이게 되었는데, 아마도 내가 지금껏 수많은 배우를 좋아했기 때문일 것이다.

누구라도 그러하듯이, 지금껏 내게도 수많은 '최애'가 있었다. 한때 나는 너무 많은 최애가 있는 것을 문제 삼았다. 한 명 한 명 떠올리다 보면, 내가 너무 '금사빠'로 살아온 것 같다는 생각이 들었다. 좋게 생각해보자면, 많은 것을 사랑할 수 있는 능력이 내게 있다는 거겠지만, 어쨌든 이런 내가 싫었다. 어째서 나는 한 대상을 지속적으로 좋아할 수 없었나. 그리고 어떻게 그렇게 많은 사람을 좋아할 수 있었나.

내가 이를 오래도록 문제시했던 건, '최고' 또는 '가장'이라는 말의 의미 때문이 아니었을까. 누군가를 '최고로, 제일, 가장' 좋아한다는 것. 나는 그 말 앞에서 결백해지고 싶었다. 충실하고 싶었다. 이 글을 쓰기 전, 최애에 대해서라면 얼마든지 쓸 수 있을 것 같았으나, 막상 쓰려고 하니 그 말의 의미가 나를 붙잡았다. 그 말 앞에서 자꾸만 결백해지려는 나의 태도 때문에 글을 썼다가 지우기를 반복할 수밖에 없었다.

"나는 너무 쉽게 끓고 쉽게 식는 것 같아. 변심하는 내가 싫어." 언젠가 내가 이렇게 하소연을 늘어놓자 친구가 말했다. "아니야, 내가 봤을 때 너는 변심하는 게 아니야. 다만 추가될 뿐이야." 친구의 말을 듣고 보니 그런 것 같기도 했다. 좋아했던 배우를 더 이상 안 좋아하게 된 경우는 거의 없었으니까. 처음처럼, 또는 예전만큼 열정적으로 좋아하지 않았을 뿐. 어떤 배우들은 애증의 감정으로 남기도 했으니까. 한번 좋아했던 배우들은 어떤 식으로든 내 마음에 남았으니까. 그리하여 나는 데인 드한에 대한 이야기 뒤에, 그동안 내가 좋아했던 배우들을 추가할 수밖에 없음을 뒤늦게 깨달았다.

처음으로 좋아하게 된 배우는 로빈 윌리엄스였다. 나는 비디오를 즐겨 보던 초등학생으로서, 내가 보는 영화에 한 아저씨가 반복해서 나온다는 걸 알게 되었다. 비디오 가게에서 비디오 케이스에 인쇄된 로빈 윌리엄스의 얼굴을 보며 생각했다. 이 아저씨가 나오는 건 다 재밌네. 그를 믿어도 좋을 것 같았다. 그의 이름을 기억하고 싶어서 비디오를 빌려 집으로 걸어가는 동안 이름을 외웠다. 로빈 윌리엄스, 로빈 윌리엄스, 로빈 윌리엄스. 아직도 그의 이름은 그날의 발걸음과 함께 기억된다. 로빈 윌리엄스는 언제나 내게 신뢰를 주는 배우였다. 2014년에 그가 스스로 생을 마감했을 때, 나는 '아는 사람'이 죽었다고 생각했다. 실제로 단 한 번도 만난 적이 없음에도 불구하고, 그를 무척 가깝게 여기고 있었던 것이다. 어떻게 그런 일이 가능했는지 모르겠다. 그는 나를 모르지만,

나는 종종 그가 생각날 때 속으로 말하곤 한다. 고마웠다고, 내게 행복을 줬다고.

이자벨 위페르, 그는 최고의 영화배우다. 단언할 수 있다. 그는 스크린에 등장하는 것만으로도 분위기를 장악한다. 숏을 완성시킨다. 이미지의 세계에서 그의 표정과 몸짓은 그 무엇보다 명료한 언어가 된다. 언젠가 친구에게 말한 적이 있다. "나는 이자벨 위페르의 꾹 다문 입이 좋아. 그는 영원히 침묵할 것 같은 입을 가졌지만, 모든 걸 말할 수 있잖아."

클로드 샤브롤 감독과 함께했던 작업도 인상적이지만, 나는 미하엘 하네케 감독의 〈피아니스트〉 속에 나오는 이자벨 위페르를 특히 좋아한다. 감히 말하길, 그 영화는 이자벨 위페르를 위한 영화다. 그는 칼이고 창이며 바늘이다. 찌른다. 그 영화의 절정은 그가 만든 것이다.

감독은 영화의 모든 부분을 통제할 수 없다. 나는 그것이야말로 영화의 위대한 점이라고 생각한다. 마찬가지로, 감독의 통제에도 절대 통제될 수 없는 배우만의 고유한 지점이 있다. 그것이 배우의 위대한 점이라고 생각한다. 그 어떤 지시에도 따르지 않는, 따를 수 없는, 한 인간의 고유성. 배우의 표정과 몸짓은 오직 배우의 것이다.

나는 이자벨 위페르의 이미지와 함께 산다. 은유적인 표현이 아니라, 정말로 나는 그의 잔상과 함께 걷고 먹고 잔다. 그 잔상이 항상 내 옆에 있다고 믿는다. 〈다른 나라에서〉의 안느와 〈의식〉에서의 잔느, 〈마담 보바리〉의 보바리, 〈해피엔드〉의 앤과 〈피아니스트〉의 에리카와 함께. 분명 나는 그의 얼굴과 몸짓, 그 이미지를 사랑한다.

"강동원은 과소평가받은 배우야." 내가 말하자, 친구는 믿을 수 없다는 듯 되물었다. "강동원 톱스타인데?" 나는 다시 그 말을 받았다. "잘생긴 얼굴 때문에 연기력이 가려졌잖아. 나는 한국에서 강동원처럼 몸을 잘 쓰는 배우를 본 적 없어. 완전 영화적인 움직임이잖아. 그리고 또 지금껏 얼마나 다양한 캐릭터를 소화해냈니?" 강동원은 전우치도 하고, 초능력자도 하고, 신부도 하고, 소설가도 하고, 심지어 일진 짱도 했다.

〈늑대의 유혹〉이 개봉했을 때 나는 중학생이었다. 그 시대를 살고서, 강동원을 좋아하지 않는 게 가능한가? 나 또한 강동원을 좋아하지 않을 수가 없었다. 나는 그의 외쌍꺼풀이 좋았는데, 나도 그렇게 되고 싶어서 매일 왼쪽 눈에만 쌍꺼풀 테이프를 붙이고 다녔다. 훗날, 나는 외쌍꺼풀 비대칭 얼굴의 내가 되었다. 한때의 애정이 신체에 남은 것이다.

나는 강동원이 출연한 영화 중에 특히 〈형사〉〈초능력자〉〈전우치〉를 좋아했다. 내 눈에는 모두 개성 있고 미덕 있는 영화들이었다. 이를 알게 된 친구는 내게 말했다. 너 강동원한테 너무 너그러운 거 아니냐고, 어떻게 영화를 그렇게 평가할 수 있냐고. 그 얘기를 듣고 정말 그럴지도 모른다고 생각했는데, 전역 후 그가 출연한 영화를 보고 내가 그에게 후했던 게 아니라는 것을 알았다. 어찌 되었건 한 살 한 살 나이를 먹을수록 짙어지는 나의 쌍꺼풀을 볼 때마다, 내가 강동원을 좋아했다는 사실을 상기하게 된다.

가장 오래, 지속적으로, 안정적으로 좋아했던 배우가 데인 드한이었다면, 가장 '뜨겁게' 좋아했던 배우는 샤이아 라보프였을 것이다. 아마 그렇지 않을까. 내가 확고하게 말하지 못하는 이유는 한때 내가 그를 좋아했다는 사실을 별로 인정하고 싶지 않기 때문이다. 나는 고등학생 1학년 때, 마이클 베이의 〈트랜스포머〉를 통해 그를 처음 보았다. 어떠한 이유로 그를 좋아하게 되었는지, 아직도 논리적으로 설명하기 힘들다. 능청스럽게 연기하는 모습이 좋았고, 능청스럽게 연기하는 모습이 좋았고, 그리고 또 뭐가 있더라?

아무튼 그가 좋았다. 그와 나는 생일이 같았는데, 그것 또한 그를 사랑할 수밖에 없는 운명이라고 생각하게 했다. '샤이아'라는 이름이 '신의 선물'이라는 뜻이라는 게 좋았다. 그의 어머니는 히피였고, 그도 이에 영향을 받아 자유분방하게 생활했다. 얼룩이 묻은, 오래도록 세탁하지 않은 옷을 그대로 입는다거나, 신발이 너덜너덜해질 때까지 신는다거나. 화려한 생활을 하는 할리우드 스타들과는 뭔가 다른 느낌이었다. 가끔 왜 저러나 싶을 정도로 더러운 차림으로 다녔지만, 그 또한 좋았다. 그는 한때 나이키 코르테즈를 즐겨 신었고, 나도 그를 따라 몇 년간 코르테즈만 신었다. 그의 손목에는 '1986-2004'라는 문신이 있는데, 힘들었던 어린 시절을 잊지 않기 위해 새긴 것이었다. 나도 언젠가 성공하게 된다면, 지난날들을 잊지 않기 위해 문신을 새기고 싶었다.

그가 출연한 영화 중에 내가 가장 좋아하는 영화는 디토 몬티엘의 〈당신의 성인을 알아보는 법〉이다. 이 영화

어떤 만남은 때로 우리를 예기치 못한 방향으로 이끕니다. 2년 전, 서이제 소설가와 이지수 번역가는 한 권의 책을 매개로 처음 만났고, 이 만남에서 『사랑하는 장면이 내게로 왔다』는 출발합니다.

두 사람은 하나의 주제 아래 각자의 이야기를 번갈아 쌓아 올립니다. 난생처음 혼자 극장으로 뛰어가던 하굣길, 좋아하는 배우를 보기 위해 비를 쫄딱 맞으며 기다리던 시간, 여자주인공이 면을 먹는 방식을 고집스레 흉내 내던 일, 손이 부르트도록 50개의 밤 껍질을 벗기며 요리를 따라 만들던 기억⋯⋯. 우리가 어느 영화에 대해 말한다는 건, 묻어두었던 삶의 한때를 추억하는 일과 다름없을 거예요.

이들의 시선을 경유해 눈앞에 도착한 수많은 이미지가 독자님을 기껍게 하는 장면을 상상해봅니다. 보지 않은 영화를 머릿속에 그리고, 가본 적 없는 곳에 대한 애정을 갖고, 견고한 취향의 벽을 무너뜨리는 모습까지도요. 영화는 끝나도 삶은 이어지듯, 새까만 스크린이 남은 곳에서 더 풍부한 이야기가 시작되기를 소망합니다.

마음산책 드림

는 감독의 자전적인 이야기인데, 샤이아 라보프는 이 영화에서 디토 몬티엘의 어린 시절을 연기했다. 덕분에 나는 디토 몬티엘이라는 좋은 감독을 알게 되었다. 그러던 어느 날, 〈트랜스포머: 패자의 역습〉(〈트랜스포머 2〉)이 개봉하며 샤이아 라보프가 내한한다는 소식이 전해졌다. 시사회는 용산 CGV에서 개최된다고 했다. 시사회에 가려면 표에 당첨되어야만 해서, 나는 반 아이들에게 응모를 부탁했다. 30명에 가까운 이름으로 응모했지만, 당첨되지 않았다. 어느 정도 예상했던 일이기도 했다.

그대로 포기할 수 없었던 나는, 끝내 표 없이 무작정 서울에 가기로 결심했다. 서울에 가려면 야간자율학습을 빼야 했다. 말이 자율학습이지, 사실상 '강제학습'이나 다름없었기 때문에 나는 결정해야만 했다. 그냥 몰래 도망칠지, 선생님께 거짓말을 할지.

선생님께 거짓말을 했다. 간절한 표정을 지으며, 최대한 예의 바르게. "서울에서 영화 관련 특강이 있는데요. 꼭 안 가도 되긴 하거든요. 그런데 너무 가고 싶어서요. 가서 수업을 듣고 싶어서요. 선생님이 허락해주시면, 하루만 야간자율학습 빼고 서울에 다녀와도 될까요." 담임 선생님은 다녀오라고 허락해주셨다. 나를 많이 응원하고 내 꿈을 지지해주셨기 때문에, 그리고 그동안 내가 별다른 문제없이 학교생활을 착실하게 했기 때문에 가능한 일이었다.

거기까지는 순조로웠다. 저녁을 먹지 않고 바로 시내버스를 타고 터미널에 가면, 그곳에서 시외버스를 타고 서울에 가면, 침착하게 지하철을 타고 용산역에 가면, 샤이아 라보프를 직접 볼 수 있을지도 몰랐으니까. 어쩌면 그를 못 보게 될 수도 있지만, 그를 보지 못한 채 청주로 돌아와야 할지도 모르지만, 그래도 일단은 가보는 데 의의가 있다고 판단했다. 조금은 무모하고 대책 없어도, 나는 내 운을 믿어보고 싶었다. 그리고 그가 한국에 왔는데! 한국에 있는데! 교실에 가만히 앉아서 자습을 하고 있을 수는 없었다. 어쨌든 나는 호기롭게 버스에 올랐다. 제발, 샤이아를 볼 수 있게만 해주소서. 그러나 첫 단추부터 잘못 끼워졌다. 시내버스를 잘못 탄 것이었다. 돌아 돌아 간 탓에, 결국 시외버스를 놓쳐버렸다. 다음 차를 기다렸다. 이미 늦었다는 생각이 들었다. 시외버스에 올라타면서부터 절망했다. 지금 가봤자 이미 늦었을 거라고.

용산역에 도착했을 때, 설상가상으로 비가 내리기 시

작했다. 나는 이미 한 시간이나 늦은 상태였는데, 이상하게도 광장은 사람들로 북적이고 있었다. 알고 보니, 그들이 아직 도착하지 않았던 것이다. 나보다 더 늦었던 것이다. '됐어, 여기까지 왔으니 이제 볼 수 있어! 이제 만날 수 있어!' 그때부터 희망이 보이기 시작했다. 나는 적당한 곳에 자리를 잡았다. 경호원이 서 있는 자리 바로 옆에서, 펜스를 잡고 있었다. 비가 정말 많이 내렸는데, 비 때문인지 기다리다 지친 사람들이 하나둘 자리를 뜨기 시작했다. 사실은 다들 지쳐 떠나버리기를, 내심 바랐다. 나는 비를 맞으면서도 기다릴 자신이 있었으므로. 그렇게 한 칸 한 칸 앞으로 갈 수만 있다면, 그래서 샤이아 라보프를 조금 더 가까이에서 볼 수만 있다면! 비는 내게 문제가 아니었다. 교복이 쫄딱 젖었다. 한복으로 된 교복이었으므로 꼴이 더 좋지 않았다. 시간이 지나자 비에 젖은 치마는 점점 무거워졌고, 슬슬 추워지기까지 했다. 경호원이 잠깐 어디론가 가더니, 우비를 구해다 주었다. 그는 말 한마디 없이 무심하게 내게 우비를 내밀었다. 새것은 아니었고, 누군가 입고서 버린 우비였다. 이미 교복이 다 젖은 상태였지만, 그 위에 우비를 입었다. 우비를 입으니 따뜻했다. 그리고 운 좋게 점점, 한 칸씩 앞으로 갈 수 있었다.

얼마나 오래 기다렸을까. 감독과 배우가 도착했다는 사회자의 말과 함께 조명이 켜지더니 린킨 파크의 〈뉴 디바이드New Divide〉가 흘러나왔다. 갑자기 여기저기서 사람들이 웅성거리기 시작했고, 이내 함성이 퍼지면서 눈앞에 '그들'이 보였다. 마이클 베이 감독, 샤이아 라보프, 메간 폭스. 그들은 사람들에게 손을 흔들며 천천히 계단을 내려오기 시작했다. 나는 소리를 지르지 않고, 최대한 침착하게 샤이아 라보프를 응시했다. 그를 눈에 담으려고 노력했다.

계단을 내려온 그는 펜스를 따라 한 발 한 발 걸었다. 그리고 손에 닿을 듯, 점점 더 내게 가까워졌다. 작다, 작다, 작다…… 점점 가까워지는 그를 보며 들었던 생각은 단 하나뿐이었다. 작다. 사람이 왜 이렇게 작지. 키도 작고 몸도 작고 얼굴도 작고…… 그렇게 순식간에 그가 내 앞을 스쳐 지나갔다. 곧이어 열광하는 팬들 때문에 펜스가 무너지면서 급히 조치가 취해졌다. 정신을 차리고 보니, 나는 뒤이어 걸어오는 메간 폭스를 향해 손을 뻗으며 소리를 지르고 있었다. "언니! 언니!"

이후 무대 위로 올라간 그들이 영화에 대해 몇 가지 질문을 주고받았던 것 같은데, 무슨 이야기를 했는지는 기억나지 않는다. 마이클 베이 감독이 늦은 이유를 설명하며, 메간 폭스 드레스가 맞지 않아 늦었다고 망할 유머를 날린 것밖에는. 비가 많이 내린 데다가, 시간이 늦었으므로 광장에 남아 있는 사람은 그리 많지 않았다. 나는 그 속에 섞여, 무대만을 바라보며 생각했다. 모든 게 다행이라고. 지금 이 시간에 교실에서 야간자율학습을 하고 있을 끔찍한 내 모습을 떠올리다가 말았다.

그렇게 무대인사가 끝나고, 그들은 무대에서 내려갔다. 모든 일이 만족스럽게 끝난 것 같았다. '시사회에 가지 못한 것은 아쉽지만, 그래도 이렇게 샤이아 라보프를 가까이에서 봤으니까 됐어.' 이 기운을 받아, 내일부터 영화 공부도 더 열심히 하자고 다짐했다. 짐을 챙겨서 집으로 가려고 하는데, 마이클 베이 감독이 다시 무대 위로 올라왔다. 그리고 관계자에게 뭐라고 말하는 모습이 보였다.

잠시 후, 사회자가 다시 마이크를 들었다. "아아, 감독님께서 비를 맞으면서 이렇게 기다려주신 게 너무 감사해서, 지금 여기에 있는 모든 분을 시사회에 초대하신다고 합니다. 여기 계신 분들은 바로 상영관으로 올라가시면 됩니다." 그 말이 끝나자마자, 광장에 있던 모든 사람이 환호했다. 하나같이 비 맞은 생쥐 꼴을 하고서. 빗속에서 환호하던 사람들의 모습은 내 인생에 잊지 못할 장면으로 남아 있다. 샤이아 라보프를 보기 위해 갔던 곳이지만, 결과적으로 그곳에서 영화 같은 장면을 보게 되었으니까. 그때 그곳에 같이 있던 사람들은 어떤 사람들이었을까. 내게 우비를 구해다 준 경호원은 지금쯤 어떻게 살고 있을까. 그날 광장에서 함께 비를 맞았던 사람들, 그날을 아름다운 장면으로 꾸며준 그 사람들을 우연히 다시 만날 수 있다면⋯⋯. 10년도 더 지난 일인데, 아직도 용산 CGV에 갈 때마다 그날의 일이 떠오른다.

〈트랜스포머 2〉는 최악이었지만, 극장에서 세 번을 더 관람했다. 의리였다. 이후, 샤이아 라보프는 더 이상 할리우드 시스템 안에서 영화를 찍지 않겠다며, 독립 예술 영화들에 출연하기 시작했다. 정확히 언제부터였을까. 어느 순간부터 나는 그를 감당할 수 없었다. 왜 감당할 수 없었는지는 쓰지 않겠다. 어디서부터 어떻게 적어야 할지 모르겠다. 그에게는 너무 많은 일이 있었다⋯⋯.

이십대 후반이 되었을 때, 나는 이제 새로운 누군가를 좋아하는 일이 불가능하다고 느꼈다. 아니, 새로운 누군가를 좋아하고 싶지 않았다. 추가하고 싶지 않았다. 이제는 오지 한 대상에게 정착해 지속적인 애정과 정성을 다하고 싶다는 생각이 들었다. 내 친구들이 어느 순간, 결혼을 결심했듯이. 반드시 결혼이 아니더라도 평생을 함께할 반려자를 곁에 두는 것처럼 최애에 마음을 쏟을 수 있다면. 어쩌면 불가능한 일일지도 모르겠지만, 최애는 언제든 갱신될 수도 있겠지만. 그럼에도 불구하고, 나는 여전히 내가 최애라는 말에 충실할 수 있는 사람이 되었으면 좋겠다고 생각한다. 그런 의미에서 나는 데인 드한의 추락하는 필모그래피에 날개가 없어도…… 또다시 희망을 가지고 기다려야 할 것이다, 그의 차기작을.

멀리서 응원봉을 흔드는 마음으로 이지수

살면서 많은 사람을 좋아해왔다. 발만 살짝 담글 정도로 좋아한 사람도 있고, 허리까지 담갔다가 빠져나온 사람도 있다. 어깨까지 젖어본 사람도 있는가 하면, 머리를 푹 담그고 잠수했던 사람도 있다. 그래서 곤란하다. "최애가 누구인가요?"라는 질문에 대답하는 게.

애초에 '가장 좋아한다'는 건 무엇인가? 그 대상이 손에 닿는 상대라면 심플할 것이다. 가족이나 친구, 애인에게는 별다른 고민 없이 그런 수식어를 붙일 수도 있을 테니까. 하지만 그게 배우라면, 가수라면, 영화감독이나 운동선수나 음악가나 작가나 만화가라면, 대체 얼마만큼 시간과 마음을 써야(빼앗겨야) 가슴을 펴고 '가장' 좋아한다고 말할 수 있는 걸까? 그 작가의 모든 작품을 보면, 그 감독이나 배우의 필모그래피를 줄줄 꿰고 있으면, 그 가수의 전곡을 머릿속에서 재생할 수 있으면 '가장' 좋아한다고 말해도 되는 걸까? 아니면 단순히 현재 내 마음속 가장 넓은 면적을 차지하고 있는 대상을 '최애'라고 칭해야 하는 걸까? '너무 좋아'라고는 쉽게 말할 수 있지만 '가장 좋아'는 어렵다. 아무리 생각해도 명쾌한 답이 나오지 않는다.

이쯤에서 인정해야겠다. 아무래도 나는 '가장'이라는 단어에 결벽증이 있는 모양이다. 그렇지 않고서야 이 단어 앞에서 매번 이렇게 주저하는 이유를 설명할 수 없다. 아니면 좋아하는 마음의 크기에 순위를 매기는 행위 자체가 불편하거나. 사람들은 내가 『아무튼, 하루키』라는 책을 썼으니 하루키를 가장 좋아할 거라고 생각한다. 믿어 의심치 않는다. 그 말을 듣는 나의 심정은 복잡하다. 하루키, 저에게 특별한 작가죠. 인생의 한 시기를 그의 글과 함께 보냈으니까요. 거의 모든 작품을 읽었고, 어떤 문장은 통째로 외우고 있어요. 신간이 나오면 무조건 사기도 하고요. 하지만 현재 가장 좋아하는 작가가 하루키냐고 묻는다면, 글쎄요……. 그럼 최애 작가가 대체 누구냐고요? 글쎄요……. 그러니 '최애 감독 또는 최애 배우'가 주제인 이번 글을 썼다 지웠다 하며 좀처럼 분량을 채우지 못하는 건 어쩌면 이런 내게는 예견된 미래였을 것이다.

좋아하는 배우. 나의 사랑 너의 사랑 티모시 샬라메, 세상을 떠나고 나서야 뒤늦게 빠져든 히스 레저, (내가 키운 건 아니지만) 잘 커서 흐뭇한 시어서 로넌, 매 작품 새로운 얼굴이 되는 구로키 하루, 봐도 봐도 놀라운 야쿠쇼 고지, 첫 대사 한 줄을 내뱉는 순간 깜짝 놀라게 만드는 이케마쓰 소스케, 좋은 이유를 설명할 필요도 없는 강동원과 배두나…… 리스트는 영원히 추가되고 마침표는 좀처럼 찍히지 않는다. 감독이라면 고레에다 히로카즈, 니시카와 미와, 하마구치 류스케, 루카 과다니노, 이상일, 이안…… 보다시피 일관성도 없고(거의 의식의 흐름에 따른 타이핑) 이들의 작품을 열성적으로 챙겨 본 것도 아니니 '가장'을 붙이기도 멋쩍다. 쉽게 반하지만 성실히 좋아하지는 못하는 게 내 사랑의 특징인가?

그럼에도 불구하고. 요컨대 '가장'이라는 부사에 대해 느끼는 불편함이나 모종의 결벽증에도 불구하고, 영화감독 중에서는 이누도 잇신을 가장 좋아한다고 생각하던 때가 있었다. 어떤 감독은 단 한 편의 영화로도 누군가의 인생에서 특별한 지위를 차지하고 마는 것이다.

〈조제, 호랑이 그리고 물고기들〉이 한국에서 개봉한 해는 2004년이다. 벌써 20년에 가까운 세월이 흘렀으니 당연한 일일 수도 있지만, 나는 내가 이 영화를 언제 어디서 처음 봤는지 도무지 기억해낼 수 없다. 영화관이 아니라는 것만 확실할 뿐, 떠올리려 할 때마다 장소는 매번 달라진다. 선배 언니네 집, 나의 반지하 자취방, 잠깐 다닌 일본 대학의 기숙사, 도서관의 DVD 열람실…….

그건 아마도 내가 이 영화를 지나치게 많이 봤기 때문일 것이다. 그러니까 자취방에 사람들을 모아놓고, 밤에 자기 전에, 혼자 점심을 먹으며, 공강 시간에 심심해서, 친구가 아직 안 봤다고 해서, 기타 등등의 이유로 나는 이 영화를 틀고 또 틀었다.

한 영화를 반복해서 보는 마음을 뭐라고 불러야 할까. 그때는 깨닫지 못했지만 지금의 나라면 '동경'이라는 이름표를 붙여주고 싶다. 조제(이케와키 지즈루 분)와 쓰네오(쓰마부키 사토시 분)의 관계에 대한 동경, 조제가 척척 만들어내는 가정식에 대한 동경, 한국과 비슷하면서도 달라 보이는 거리에 대한 동경, 내가 배우는 언어를 자연스럽게 구사하는 사람들에 대한 동경. 딱 떨어지는 단어로 설명하기 어려운 어떤 분위기(요즘 말로는 '갬성')에 대한 동경.

사랑하기로 작정하고 보는 영화였기에 매 순간 모든 장면이 소중했다. 눈을 감으면 아직도 머릿속에서 고스란히 재생되는 컷과 신. 조제와 쓰네오의 여행 사진 위로 흐르는 쓰네오의 내레이션. 유아차 안에서 식칼을 쥐고 등장하는 조제의 매서운 눈빛. 잊을 수 없는 조개 모양 침대, 쓰네오와 헤어진 뒤 그동안 거부해온 전동 휠체어로 거리를 시원스레 질주하는 조제. 그리고 무엇보다, 조제를 떠난 직후 갑자기 주저앉아 울음을 터트리는 쓰네오.

"헤어지는 이유는 여러 가지겠지만, 사실은 하나뿐이다. 내가 도망쳤다"라는 쓰네오의 내레이션과 조개 침대 위에서 "언젠가 네가 사라지고 나면 난 길 잃은 조개껍데기처럼 혼자 깊은 해저에서 데굴데굴 굴러다니겠지. 그것도 그런대로…… 나쁘지 않아"라고 말하는 조제의 오사카 할머니 말투는 내 마음속 어딘가에 아주 오랫동안 단단히 박혀 있었다.

영화에 대한 관심은 곧 감독에 대한 관심으로 번졌다. 〈메종 드 히미코〉 〈금발의 초원〉 〈구구는 고양이다〉……. 이누도 잇신의 작품들을 찾아보며 나는 영화감독의 '필모그래피'라는 것을 처음 인식했다. 다시 말해 이누도 잇신을 통해 '영화감독'이라는 직업을 처음 의식한 것이다.

그의 다른 영화들이 어땠는지에 대해서는 굳이 쓰지 않겠다. 다만 나에게 인상적이었던 작품은 〈조제…〉를 제외하면 〈메종 드 히미코〉 하나였다고만 말해도 충분할 듯하다(나는 이 영화에서 시바사키 고가 보여주는 뾰로통한 표정을 정말 좋아한다. 그리고 다나카 민의 기품과 위엄도, 오다기리 조의 야생동물 같은 눈빛과 목소리도).

열렬했던 감정은 언제 그랬냐는 듯이 나 자신조차 눈치채지 못하는 사이에 식어버렸다. '가장 좋아하는 감독'은 '굳이 찾아보지 않는 감독'이 되었다. 애지중지했던 〈조제…〉 DVD는 여러 번의 이사 도중 어디론가 사라졌다. 있다 해도 지금 내 노트북에는 DVD롬이 없어서 보지 못할 것이다. 나는 이제 DVD를 재생하는 대신 OTT 사이트에 접속한다. '영화를 본다'는 행위로 일상의 의식을 전환시켜줬던, DVD를 DVD롬에 집어넣는 약간의 번거로움조차 없이 3초 만에 영화를 틀고 끈다.

애틋하고 소중했던 것은 물성의 소멸과 함께 자취를 감췄다. 특별했던 것은 특별하지 않게 됐다. 심지어 이제 포털사이트에 '조제, 호랑이 그리고 물고기들'이라고 치면 2020년 작 동명 애니메이션이 가장 먼저 뜬다. 그래서 슬프냐고 물으면, 꼭 그렇지만은 않다. 구 남(여)친은 생각만 해도 진절머리가 날 수 있지만 구 최애는 그냥, 잠시 아련해질 뿐이다.

가끔 연락 끊긴 친구의 소식이 궁금해지듯 '이누도 잇신은 요즘 뭐 하지?'라는 생각이 들 때가 있다. 그러면 포털사이트에서 그의 이름을 검색한다. 필모그래피 탭을 눌러 그간 만든 영화와 그 옆의 제작 연도를 확인한다. 오, 의외로 활발한 활동. 그러나 어째서인지 대부분 한국에서 개봉되지 않았거나, 과거 개봉되었다 해도 지금은 서비스 중인 OTT 사이트가 없다는 사실을 알게 된다. 이러니 뭐 하고 지냈는지 내가 모를 만했네. 납득.

그런 이유로, 2009년 작 〈제로 포커스〉를 끝으로 나는 그의 영화를 보지 못했다. 〈제로 포커스〉는 재미있는 영화였다. 일단 출연진이 호화로웠고(히로스에 료코, 나카타니 미키, 기무라 다에, 니시지마 히데토시. 다 내가 좋아하는 배우들이다), 원작이 일본 추리소설의 대가 마쓰모토 세이초의 작품(『제로의 초점』)인 만큼 스토리도 탄탄했다. 하지만 이 영화에서 이누도 잇신의 인장이 느껴졌는가 하면, 그건 잘 모르겠다. 감독의 인장이 느껴지는 영화가 곧 좋은 영화라는 뜻은 아니다. 그저 내가 명백히 다른 기대를 품고 있었을 뿐이다. 오랜만에 만나는 첫사랑이 여전히 풋풋하기를 바라는, 창작자에게는 틀림없이 실례가 될 법한 그런 기대.

이 글을 쓰기 위해 합법적으로 볼 수 있는 이누도 잇신의 영화를 거의 다 다시 봤다. 2003년 작 〈조제…〉에서 시작해 2011년 작 〈무사 노보우: 최후의 결전〉으로 끝나는 대장정을 마치고 나니 과거를 과거로서 매듭짓고 떠나 보낼 결심이 섰다(〈무사 노보우〉는 이번에 처음 본 영화인데, K 편집자님이 재팬필름페스티벌이 온라인으로 개최된다는 소식을 알려줘서 상영작 리스트를 훑다가 발견했다). 요컨대 이누도 잇신이 다시는 〈조제…〉나 〈메종 드 히미코〉 같은 영화를 만들지 않을 것임을, 나는 지금에야 받아들인 것이다.

이제 이누도 잇신이 어떤 창작 활동을 하든, 무슨 작품을 내놓든, 옛 친구의 활약을 멀리서 지켜보는 마음으로 응원봉을 흔들고 싶다는 생각이 든다. 마치 하루키가 무슨 책을 쓰건 간에 무조건 장바구니에 넣고 보는 것처럼. 쓰마부키 사토시와 이케와키 지즈루가 어떤 작품에 무슨 역으로 등장하든 반가운 마음부터 드는 것처럼.

서이제 작가   영화배우(데인 드한)를 좋아했는데 이제는 그냥 브
　　　　　　루클린에 거주하는 한 아이의 아빠를 좋아하고
　　　　　　있는……

나   제가 육아하는 문희준을 보며 품는 감상과 비슷
　　　　　　할까요…… 한때 참 좋아했는데…….

　　　　　　　　　　　　　　　　　　　　　　—어느 날의 대화

　유튜브에서 '쓰마부키 사토시'를 검색해봤다. 〈조제…〉
의 무대인사 영상이 가장 먼저 나왔다. "매 장면 지짱(이케
와키 지즈루의 애칭)과, 조제와 연애하는 느낌이었습니다" 하
며 눈물을 글썽이는 붓키(쓰마부키 사토시의 애칭). 옆에서 그
의 등을 살며시 토닥이는 지짱의 눈도 촉촉하게 젖어 있었
다. "앞으로 더 많이, 멋진 연애를 해보고 싶습니다"라는
말로 인사를 끝맺으며 붓키는 싱긋 웃었다. 하아, 너무나
자연스럽게 내뱉어 손발이 오그라들 틈도 없었다. 상큼함
이 인간으로 태어난 듯한 그의 미소, 거의 범죄 수준의 청
량함이었다. 청춘 그 자체, 쓰네오 그 자체랄까.

　그가 멋진 연애를 많이 해봤는지 어쨌는지는 모르겠지
만, 영원히 소년미가 넘칠 것 같던 붓키도 2016년에 결혼해
서 애 아빠가 되었다. 내가 가장 최근에 본 그의 영화는 이

상일 감독의 〈분노〉. 동 세대의 핫한 배우 아야노 고와 퀴어 커플로 나온다. '한없이 사실적인' 커플로 보이기 위해 두 사람은 호텔에서 2주 동안 동거를 했다고 한다. 좋아하는 배우, 가수, 영화감독, 운동선수, 음악가, 작가, 만화가 등이 스스로를 꾸준히 갱신하는 모습을 보여줄 때 그로부터 오는 감동이 있다. 쓰네오, 정말 잘 컸구나(역시 내가 키운 건 아니지만).

쓰마부키 사토시가 드라마와 영화, 연극 무대를 넘나들며 소처럼 일해온 지난 20년 동안 이케와키 지즈루도 주조연을 가리지 않고 성실하게 필모그래피를 쌓아온 것 같다(〈분노〉에서도, 또 고레에다 히로카즈의 〈어느 가족〉에서도 작은 역할이지만 인상적인 연기를 펼치는 지짱을 만날 수 있다). 내 소원이 있다면 붓키와 지짱이 싸우고 헤어지고 재결합하고, 또 싸우고 화해하는 드라마를 한 편 보는 것이다. 〈타이타닉〉 커플의 재회로 화제를 모았던 〈레볼루셔너리 로드〉의 리어나도 디캐프리오와 케이트 윈즐릿처럼 살벌하게 싸워대도 좋겠고, 일본 드라마 〈최고의 이혼〉의 나가야마 에이타와 오노 마치코처럼 현실감 넘치는 권태기 커플을 연기해도 좋겠다. 연출은 굳이 이누도 잇신이 하지 않아도 되지만(혹시라도 재미없으면 감독 책임을 면할 수 없을 테니까), 해주면 '조제 동창회' 느낌으로 반가울 것 같다.

떠올리면 언제든 그 계절로 데려가는

수박 껍질 같은 사랑 서이제

　몇 년 전부터 여름만 되면 꼭 한두 번씩 탈수증상이 생겨 병원에서 수액을 맞아야만 했다. 병원에서는 전해질 이상이나 당뇨일 수 있다고 했으나, 건강검진 결과 아무런 문제가 없었다.

　짠 음식을 즐기지 않는 데다 매일 커피나 차를 마신 탓이었을까. 혼자 추측해보았지만 그마저도 확실하지 않았다. 증상이 극심해진 것은 첫 책 출간을 준비하면서부터였다. 그 무렵 매일 열과 두통, 구역감에 시달려 주기적으로 병원에서 수액을 맞아야 했다. 따뜻한 물과 코코넛 워터도 꾸준히 마셨다. 특히 수박을 먹는 것이 도움이 되었는데, 몸 상태가 매우 좋지 않을 때는 하루에 한 통씩 먹었다. 수박을 먹으면 수액을 맞은 것처럼, 잠시 열이 내리고 정신이 맑아지고 힘이 났다. 그러고 보니 혼자 살게 되면서부터는 수박을 거의 먹지 않았던 것 같다. 보통 한 통을 다 먹을 일이 없었으니까.

여름 내내 수박을 먹다가, 문득 영화 하나가 떠올랐다. 야마시타 노부히로 감독의 〈마을에 부는 산들바람〉이었는데 너무 오래전에 본 영화라서 내용은 거의 기억나지 않았다. 다만 중학생 소요(가호 분)가 툇마루에서 수박을 먹다가 수박 껍질을 자신의 뺨에 문지르는 장면, 그 장면을 통해 전해지는 차갑고 축축한 느낌 같은 것이 떠오를 뿐이었다. 10여 년 만에 영화를 다시 찾아보니, 그 장면에는 이런 대사가 있었다. "이 수박으로 얼굴 문지르면 예뻐진대요." 이후, 수박 껍질로 얼굴을 문지르는 장면이 한 번 더 나온다. 소요는 함께 학교에 다니고 있는 어린 사치코가 아파서 학교를 나오지 못했다는 소식을 듣고 방과후 그의 집을 방문한다. 사치코는 소요의 얼굴에 수박 껍질을 문지른다. 마치 사치코가 소요의 얼굴을 '아이, 예쁘다' 하고 매만지는 것처럼. 향긋하고 촉촉한 수박 껍질과 같은 사랑이 느껴지는 장면이었다.

생각해보니 나도 모르는 사이, 야마시타 노부히로 감독의 영화를 꽤나 좋아하고 있었던 것 같다. 누군가 좋아하는 감독을 물었을 때 그를 좋아한다고 말해본 적은 한 번도 없었지만, 어디에선가 그의 이름을 발견하면 반가웠다. 그의 영화에 압도되거나 매료되었던 적도 없었지만 오히려 그런 점에서 나는 그의 영화가 좋았다. 수수하다고나 할까. 그의 영화는 주인공들에게 함께 쉴 수 있는 충분한 시간과 공간을 마련해주었는데, 그게 참 좋았다. 예를 들면 영화 〈린다 린다 린다〉 속 학교 옥상에서 학생 둘이 한가로운 시간을 보내는 장면이라든지, 〈우리 삼촌〉에서 삼촌이 러닝셔츠에 팬티 차림으로 침대에 엎드려 자는 장면이라든지, 〈모라토리움기의 다마코〉에서 다마코가 벤치에 늘어지게 앉아 아이스크림을 먹는 장면이라든지, 〈미소노 유니버스〉에서 수박을 먹다가 씨를 뱉는 장면이라든지. 모두 그리 대단할 것 없는 순간들이었지만, 떠올리면 언제든 기분이 좋아지는 장면들이었다. 머릿속으로 몇 장면을 곱씹다가, 야마시타 노부히로의 여름을 살고 싶다는 생각을 했다.

말은 삼각형이고 마음은 사각형이구나
동그란 눈물 살짝 닦아주렴

낯선 길 어느 모퉁이에서

낯선 누군가와 사랑에 빠지겠지*

　청운동에 위치한 사진책방 고래에서 '사랑'을 테마로 글쓰기 프로그램을 진행한 적이 있다. 사랑에 대한 에세이를 쓴 후, 에세이를 토대로 사진을 촬영하고 그 사진을 다시 텍스트로 옮기는 작업을 하는 과정이었다. 나는 여섯 명의 참가자와 주기적으로 만나면서 한 계절을 다 보냈다.

　글을 쓰기 전, 첫 만남에서 우리는 사랑에 관한 이미지와 텍스트를 가지고 이야기를 나누었다. 그때 내가 준비했던 이미지 중에는 루카 과다니노 감독의 〈아이 엠 러브〉와 〈콜 미 바이 유어 네임〉도 있었다. 이지수 번역가가 그의 영화에서는 '여름 햇살이 축복 같다'고 한 적이 있는데, 정말 그렇다. 햇살이 피부에 닿는 느낌, 그 온도. 이따금 땀에 젖은 살갗이 다시 햇살에 마를 때의 느낌. 루카 과다니노에게 사랑은 여름과 같은 느낌일까. 나는 책방에 모인 여섯 분에게 사랑은 어떤 계절 같다고 생각

* 구루리, 〈말은 삼각형 마음은 사각형〉(〈마을에 부는 산들바람〉 주제곡) 중에서.

하는지 물어보았다. 답변도 이유도 다양했다. 가만히 사람들의 이야기를 들으니 좋았다. 그러나 나는 듣기만 할 뿐, 정작 사랑이 어떤 계절과 같은지 미처 생각해보지 못했다. 딱히 떠오르지도 않았다. 프로그램이 끝나는 그 순간까지도.

마지막 모임을 끝내고 돌아오는 길에 생각했다. 나는 정말 사랑에 대해 아무것도 모르는구나. 이런 내가 사랑을 테마로 글쓰기 프로그램을 준비하다니. 어쩌면 내가 사랑이 무엇인지 알고 싶어서 그 프로그램을 준비했는지도 모르겠다. 그렇지만 여섯 분과 사랑에 대해 이야기 나누는 게 즐거웠다. 고요한 책방 안에 울리던 목소리와 선한 얼굴들. 세 달간 우리는 글과 이미지를 가지고 많은 이야기를 주고받았다. 가까운 지인들에게는 다소 부끄러워서 할 수 없었던 이야기를 오히려 이곳에서는 더 편하게 할 수 있었다고, 누군가 말해주기도 했다. 우리의 내밀하고도 사적인 사랑 이야기가 작은 책방 안에 영원히 봉인된 것만 같았다. 그 순간 나눴던 이야기를 우리끼리만 간직할 수 있다는 사실이 나는 마음에 들었다.

"사랑하기 때문에 거짓말하는 거 좋죠." 나는 종종 미하엘 하네케의 〈피아니스트〉 속 대사를 떠올리곤 했다. 길을 걷다가 밥을 먹다가 세수를 하다가. 그리고 그때마다 곧바로 그 대사를 이렇게 변형시키곤 했다. "사랑하기 때문에 같이 죽는 거 좋죠." 언젠가 이 대사를 소설에서 꼭 써먹어야겠다고 생각하면서도 왠지 모르게 그런 소설은 쓰면 안 될 것 같았다. 어쨌든 나는 이따금 혼자 살아남는 것보다 함께 죽는 쪽이 낫다고 생각했던 것 같다. 사랑의 영역에서는 더더욱.

사랑하는 대상이 죽었는데도 인간은 어떻게 계속 살아갈 수 있을까. 그게 기이하게 느껴졌던 적이 있다. 사랑하는 대상이 완전히 사라지면 더 이상 살 수 없을 것 같다고 생각했던 적이 있다. 어째서 아무리 사랑해도 언젠가는 모두 헤어지게 되는지, 그게 이상하다고 생각했던 적이 있다. 어째서 사람은 함께 살다가도 결국 혼자 죽어야 하는지, 나는 아주 어릴 때부터 지금까지 줄곧 궁금해하고 있었다.

그러한 이유로, 나는 사랑하는 사람을 두고 혼자만 살아남는 이야기를 볼 때마다 마음이 너무 괴로웠다. 예를 들면, 〈타이타닉〉 같은 영화 말이다. 타이타닉 침몰 후, 혼자 살아남은 로즈(케이트 윈즐릿 분)가 어떻게 할머니가 될 때까지 잘 살아갈 수 있었는지 나는 사실 쉽게 이해할 수 없었다. 더군다나 잭(리어나도 디캐프리오 분)과의 추억을 아름답게 회상하며 웃을 수 있다는 것이. 나는 영화 속에 나오는 둘의 사랑 이야기보다 영화에는 나오지 않는 이 야기, 즉 구조 이후의 로즈의 삶이 늘 궁금했다.

나는 로즈가 잭을 추억하며 살아갈 수 있었던 건 영화이기 때문에 가능했던 거라고 생각했다. 모두 허구이기 때문에 가능한 일이라고. 그러니까 만약 실제 이야기였다면 그런 일은 불가능했을 거라고. "잭을 어떻게 그렇게 떠나보낼 수 있어. 그가 물속으로 가라앉는 모습이 잊히지 않아. 나였다면 그 모습이 계속 떠올라서 도저히 살 수 없었을 거야. 같이 죽었을 거야." 언젠가 내가 친구에게 이렇게 말하자, 친구는 내게 답했다. "그러니까 로즈에게는 더 잘 살아야 하는 몫이 있는 거야. 잭이 선물해주고 간 삶이니까." 그 말이 오래도록 기억에 남았다. 문득, 어쩌면 함께 죽는 것이 더 비현실적인 이야기일지도 모른다는 생각이 들었다.

X⋯는 내게 사랑이 그를 세속적인 삶으로부터 보호해주었다고 말했다. 파벌·야심·진급·음모·동맹·탈퇴·역

할·권력으로부터. 사랑은 그를 사회의 찌꺼기로 만들었
지만 그는 오히려 기뻐했다고.*

　스무 살 때, 학교 도서관에서 책을 읽다가 이 구절을 발
견하고는 머릿속으로 끊임없이 되뇌었다. 사회의 찌꺼기,
사회의 찌꺼기. 이상하게도 그 무렵, 내게 사랑은 사회 안
에서 실현 불가능한 것으로 보였다. 지금은 전혀 그렇게
생각하지 않지만, 그때는 사랑과 삶이 양자택일의 문제처
럼 느껴졌다. 사랑하느냐, 사느냐. 그러므로 내게 사랑은
사회로부터 완전히 멀어지는 것, 또는 이탈하는 것이었다.
그리고 그건 이 사회 안에서의 상징적인 죽음을 의미하기
도 했다.

　그래서인지 나는 언제나 끝까지 가는 연인들을 보고
싶었다. 파벨 포리코브스키의 〈콜드 워〉, 기타노 다케시
의 〈돌스〉, 킴 누엔의 〈투 러버스 앤 베어〉, 이 영화들 속
연인들은 모두 추운 곳에 있었고 모두 함께 죽었다(〈콜드
워〉의 결말에 대해서는 이견이 있을 수 있지만). 죽을 때 오직 둘뿐
이었다. 연인들은 둘만의 시공간과 언어를 가지고 싶어

---

* 롤랑 바르트, 『사랑의 단상』, 김희영 옮김, 동문선, 2004, 36쪽.

한다. 그리고 모두 그 사실을 잘 보여주는 영화들이었다.

〈콜드 워〉는 파벨 포리코브스키 감독이 자신의 부모에게 바치는 영화이며, 냉전시대에 이뤄질 수 없는 연인의 10여 년간의 이야기를 따라간다. 이념의 시대에 둘은 함께할 수 있는 곳을 찾아 끊임없이 이동한다. 이 영화는 연인이 들판 위 벤치에 앉아 있다가 프레임아웃되는 것으로 끝이 나는데, 그들이 떠나면 관객들은 한동안 텅 빈 들판과 벤치를 바라보아야 한다. 나는 그제야 비로소 그들이 둘만의 공간을 찾았구나 싶었다. 그들을 지켜보는 관객조차 없는 곳으로, 아무도 없는 곳으로. 스크린을 바라보다가, 혼자 남겨진 기분이 들었다. 나는 그 둘의 사랑에 어떤 식으로든 개입될 수 없는 사람이었고, 그 사실이 좋았다. 타인도 전쟁도 시대도 그 어떤 이념도, 둘을 갈라놓을 수 없었다. 그들의 사랑은 오직 그 둘만의 것이었다.

킴 누옌의 〈투 러버스 앤 베어〉는 아픈 과거를 간직한 연인이 눈보라를 뚫고 설원을 함께 건너는 영화다. 그리고 두 사람은 설원 한가운데서 서로를 끌어안은 채 얼어 죽는다. 그들은 설원을 건너기 전부터 자신들이 죽을 것을 어느 정도 예측하고 또 각오하고 있었던 것으로 보인다. 그 점이 마음에 들었다. 죽음으로써 둘의 사랑이 영원히 봉인되었다는 것, 마치 꽁꽁 얼어붙은 북극의 얼음처럼. 나는 그것이 누구나 꿈꾸지만 이룰 수 없는, 그러니까 현실에서 이룰 수 없고 오직 허구를 통해서만 가능한 사랑이라고 생각했다. 이 영화는 엄마와 극장에서 봤는데, 엄마는 극장을 나오며 어떻게 이렇게 비극적인 영화가 있냐고 말했다. 마음에 들지 않는 모양이었다.

기타노 다케시의 〈돌스〉는 분라쿠(일본의 전통 인형극) 공연의 한 장면으로 시작된다. 마치 영화 속 이야기가 연극 속 인형들의 이야기라는 것처럼. 오랫동안 사랑했던 사와코(간노 미호 분) 대신 다른 여자와 정략결혼을 하는 마쓰모토(니시지마 히데토시 분)는 결혼식 당일, 사와코가 정신병원에 입원했다는 소식을 듣고 결혼식장에서 도망친다. 그는 의사소통이 불가능해진 사와코를 병원에서 데리고 나와 계속 어딘가로 향한다. 두 번 다시 멀어지지 않도록, 서로의 몸을 붉은 실로 묶은 채. 영화는 두 시간 내내 그들이 계속 어디론가 향하며 사계절을 보내는 모습을 보여준다. 그들은 거리를 떠돈다. 그러면서 사람들로부터 미친 사람들, 그러니까 이 사회와 동떨어진 존재로 취급받기 시작한다. 그들은 그렇게 결혼이라는 제도와 사회로부터, 이 세계 또는 가시적인 세계로부터 자발적으로 멀어지고 있는 듯 보인다. 오직 둘만을 위해서.

　그러다 보면 어느새 세상은 겨울이 되어 있고 그들은 분라쿠 인형처럼 변해 있다. 아무런 말도 하지 않은 채, 그들은 설원을 함께 걷는다. 종종걸음으로, 그렇게 설원 끝까지 가 절벽 아래로 떨어진다. 서로를 묶고 있던 붉은 실이 절벽 나뭇가지에 걸리면서, 그들이 절벽에 대롱대롱 매달리는 것으로 영화는 끝이 난다. 정말 끝까지 가는 연인이군. 언어가 만들어놓은 체계로부터, 제도와 사회로부터 가능한 한 멀리 떠나는 연인의 이야기가 마음에 들었다. 그 결말은 마치 사랑은 언어의 체계 안에서는 명명될 수 없고, 제도로는 완성될 수 없는 어떤 것이라고 내게 알려주는 것 같았기 때문이다.

　그런데 이 글을 쓰면서 다시 생각해보니, 이 영화는 전혀 다른 방식으로 이해될 수도 있을 것 같았다. 그들은 서로를 묶고 있던 붉은 실로 인해 절벽 나뭇가지에 대롱대롱 매달리게 되었으니까. 아직 죽은 게 아니니까. 그러므로 그들을 이어주는 붉은 실은 극적인 순간 그들을 살게 하는 생명의 끈인지도 모른다고 말이다. 사랑이 그 둘을 끝내 살게 했는지도 모르겠다.

　사랑이 겨울과 같다고 생각해본 적은 없었으나, 나는

오랫동안 겨울을 연인들의 계절이라고 믿었다. 날씨가 추워지거나 눈이 내리면 어김없이 그 영화들이 떠올랐으니까. 어김없이 사랑과 죽음에 대한 생각들이 몰려왔으니까. 이런 이야기를 책방에 모인 여섯 사람과 나눌 수 있었다면 좋았겠다는 생각이 들었다.

어느 여름날, 나는 누군가에게 말한 적이 있다. "적어도 영화 속에서는 연인이 같이 죽었으면 좋겠어요. 그것이야말로 허구니까." 그리고 현실에는 사랑하는 사람들과 함께 쉴 수 있는 충분한 시간과 공간이 있으면 좋겠다. 함께 옥상에서 한가로운 시간을 보내거나, 함께 침대에 엎드려 낮잠을 자거나, 함께 벤치에 늘어지게 앉아 아이스크림을 먹거나, 함께 수박을 먹다가 씨를 뱉거나 수박주스를 먹으며 산책을 하거나. 그때 여름 햇살이 축복처럼 내리고. 그러다가 시간이 흘러 눈이 내리면 종종걸음으로 함께 눈길을 걸어볼 수도 있을 것이다. 현실에서 우리의 사랑이 그렇게 이뤄지기를, 그렇게 살아가기를. 같이 죽지 않고, 이제는 함께 살아가기를.

여름 햇살이 축복처럼 　　　　　이지수

8년 전 봄, 남부 이탈리아를 여행했다. 나의 남편과 윤정 부부가 함께였다. 그날 우리는 렌터카를 타고 아말피에서 해안선을 따라 서쪽으로 달리다가 숙소를 구하기 위해 프라이아노에서 내렸다. 일정이 어떻게 될지 몰라 미리 방을 잡아두지 않았던 것이다. 부부끼리 두 팀으로 나뉘어 다른 방향으로 흩어졌는데, 나와 남편이 발견한 호텔은 아치형 창문 너머로 내려다보이는 바다 풍경이 그림처럼 근사했지만 숙박비가 예산보다 훨씬 비쌌다. 시름에 잠겨 차로 돌아와 윤정 부부를 한참 기다렸다. 왜 이렇게 안 오지, 강도라도 만났나 진지하게 걱정할 즈음 그들은 잔뜩 흥분한 모습으로 나타났다. 최고의 숙소를 발견했는데 자신들 눈에는 너무 좋아 보이지만 우리가 어떻게 생각할지 모르겠다는 이야기를 두서없이 늘어놓았다. 친구를 그렇게 설레게 만든 숙소이므로 나는 거기가 어디라도 기꺼이 묵었을 것이다.

구불구불 미로 같은 골목을 빠져나가 성당 앞 광장을 가로질러 돌계단을 내려가자 비로소 호텔의 모습이 보였다. 호텔이라기보다 모텔이라고 불러야 할 크기의 연분홍색 건물. 낡긴 했지만 구석구석 깨끗하게 관리되어 있었다. 특히 발코니 너머로 반짝이는 티레니아해를 본 순간, 윤정 부부가 왜 그렇게 이곳을 마음에 들어했는지 알 것 같았다. 호텔 주인 할아버지는 우리가 무슨 말만 하면 술 냄새를 풍기며 "프레고, 프레고"라고 했다. 사전을 찾아보니 '환영해, 천만에, 여기 있어, 부탁해' 등등의 뜻으로 쓸 수 있는 이탈리아어였는데 어쩐지 내게는 여기서 뭘 하든 다 괜찮다는 말로 들려서 호텔이 더욱 좋아졌다(그렇다고 우리가 기물을 파손하거나 고성방가를 할 건 아니었지만).

근처 슈퍼마켓에서 치즈와 빵과 과일과 술을 사 와서 저녁을 먹었다. 넷 다 취했고 누군가는 조금 울었던 것도 같다. 잠든 기억은 없는데 일어나보니 우리 방 침대 위였다. 식당으로 내려가자 연분홍색 식탁보를 씌운 둥근 테이블 가득 차려진 음식이 우리를 기다리고 있었다. 할머니가 직접 구웠다는 크루아상과 갓 내린 커피, 유리병에 담긴 우유, 과일, 시리얼, 프레시 모차렐라 치즈, 테이블 너머로 펼쳐진 푸른 바다까지. 그 조식은 그때까지의 내 인생에서 가장 근사한 식사였고, 그 지위는 아직까지 유지되고 있다. 호들갑스럽게 기뻐하며 사진을 찍는 우리를 보고 할아버지가 인터넷에 호텔 이름을 올리지 말아 달라고 부탁한 것까지 완벽했다. 그때 내가 누리고 싶었던 건 나눌수록 커지는 행복이 아니라 은밀해서 좋은 기쁨이었으므로.

식사를 마치고 윤정과 둘이 테라스로 나갔다. 우리 아래로는 레몬밭과 바다가 펼쳐져 있었다. 농사를 짓는 청년이 있어서 한참을 관찰했다. 너무 뚫어져라 쳐다본 걸까. 두 이방인의 시선을 느낀 그가 말을 걸어왔다. 어디서 왔냐, 언제 왔냐, 여기 며칠 동안 머무를 거냐……. 그러더니 자신의 레몬나무에서 레몬을 하나 따서 위로 던져줬다. 밭으로 내려와 구경하라고도 권했다.

그의 이름은 바르다. 주중에는 도시에서 일을 하고 주말에는 농장을 돌보러 이곳에 온다고 했다. 바르다는 자기 밭에서 나는 작물 이름이 무엇인지, 어떻게 수확해서 무슨 음식에 쓰는지 찬찬히 설명해줬다. 우리를 둘러싼 무성한 나무 덩굴에는 거의 어린애 머리만 한 커다란 레몬들이 주렁주렁 매달려 있었다. 발치에도 이름 모를 허브들이 다소 거친 모습으로 자라 있었다. 압도적인 초록. 사방이 생명의 에너지로 가득해 현기증이 나려 했다. 바르다는 자신이 어릴 적 많이 했던 놀이라며, 옆에 있던 야생 양귀비를 뜯더니 꽃술을 팔목에 찍어 보여줬다. 거기에는 '✳'모양이 기이하리만치 선명하게 남아 있었다.

그날 남부 이탈리아의 햇살은 눈이 따가울 정도로 강렬했다. 바르다의 팔에 난 솜털과 꽃술 자국, 주위의 초록색 작물 들이 그 빛을 받아 반짝였다. 그때 내 머릿속에 〈아이 엠 러브〉가 떠오른 건 지극히 자연스러운 수순이었다. 윤정, 이탈리아, 초록, 태양. 생동하는 에너지와 빛으로 가득한 순간들.

〈아이 엠 러브〉는 (또) 윤정과 함께 봤다. 겨울에 시작해 여름에 절정을 맞이하는 영화. 주인공 엠마(틸다 스윈턴 분)와 안토니오(에도아르도 가브리엘리니 분)가 사랑을 나누는 신에서는 여름 햇살이 축복처럼 그들을 따라다닌다. 그러고 보면 루카 과다니노의 다른 작품 〈콜 미 바이

유어 네임〉과 〈비거 스플래쉬〉도 여름 영화였다. 전자는 소설이 원작이고 후자는 리메이크작이지만, 감독의 작품 선택에는 여름에 대한 편애가 있었으리라 믿는다. 그게 아니라면 여름을 그토록 아름답게 묘사할 수 없었을 테니까.

〈아이 엠 러브〉를 한 줄로 요약하면 '인형처럼 살던 상류층 부인이 하위 계급의 남자와 사랑에 빠지는 이야기'라고 할 수 있다. 익숙한 스토리다. 『채털리 부인의 연인』까지 갈 것도 없이, 영화 〈타이타닉〉이나 드라마 〈밀회〉도 골격은 이 한 줄로 정리할 수 있다. 그러나 여기서 중요한 것은 '무엇을'이 아니라 '어떻게'다. 〈아이 엠 러브〉는 지금껏 수없이 변주되어온 이야기라도 '어떻게' 표현하느냐에 따라 놀랍도록 새로워질 수 있음을 보여주는 영화다.

엠마와 안토니오가 첫 키스를 나누는 장면은 희미한 형체로 순식간에 지나간다. 곧이어 집으로 돌아온 엠마가 화장실로 뛰어들어 변기에 앉아서 소리 없이 웃으며 환희로 가득한 표정을 짓는 순간, 관객은 방금 전 눈을 스쳐 간 장면이 우리의 착각이나 엠마의 상상이 아니었음을, 그로 인해 지금 엠마 안에 무언가가 또렷하게 생겨냈음을 인지한다. 그것은 의심할 여지 없는 사랑의 감정이겠지만, 또한 오랜 시간 잠들어 있다가 벼락같이 깨어난 욕구와 충동이기도 하다. 삶에 대한, 자신으로 사는 것에 대한.

영화 후반부에 어떤 비극적인 사건이 일어난 뒤, 엠마는 텅 빈 성당에서 남편에게 말한다. "당신이 알던 나는 이제 없어요. (…) 안토니오를 사랑해요." 남편은 그 말을 듣고도 어째서인지 크게 놀라지 않는다. 다만 엠마에게 걸쳐줬던 자신의 양복 재킷을 거칠게 빼앗은 후 "넌 존재하지도 않았어"라고 내뱉으며 그 자리를 떠나 집으로 향한다.

다음 장면에서 엠마는 가족들이 모여 있는 집으로 뛰어 들어와 2층으로 급히 올라가더니 입고 있던 검정색 원피스를 허겁지겁 벗는다. 옆에서는 가정부 이다가 장롱과 서랍에 든 엠마의 옷가지를 여행 가방에 쑤셔 넣는다. 이제 엠마는 평소의 빈틈없는 복장과는 달리 헐렁한 바지와 점퍼를 입고 있다. 시계와 반지마저 빼버린 엠마는 이다와 뜨거운 포옹을 나누고 1층으로 뛰어 내려간다. 이다가 챙겨놓은 여행 가방은 거들떠보지도 않고, 빈손인 채로. 1층에서는 얼마 전 동성 연인이 있음을 고백한

딸이 눈물 고인 눈으로 미소 지으며 엠마를 바라보고 있다. 명백한 응원의 눈빛이다. 카메라가 집안 여자들의 얼굴을 차례로 훑다가 다시 엠마가 서 있던 곳으로 되돌아간 순간, 그 자리는 이미 텅 비어 있다. 음악이 절정으로 치닫고 빠르게 컷이 전환되며 활짝 열린 현관문이 잡힌다. 어두운 실내와 대조적으로 엠마가 뛰쳐나간 바깥에는 환한 빛이 쏟아져 내리고 있다. 눈과 귀에 바로 꽂히는 강렬함. 이 고양감과 해방감. 이래서 영화는, 너무 좋다. 뭔가 그럴싸한 단어를 찾아보려 했지만 역시 이 자리에는 너무 좋다는 말밖에 떠오르지 않는다.

영화를 보는 이유는 사람마다, 상황마다 다를 것이다. 시간을 때우기 위해, 시간을 잘 보내기 위해, 센티해지기 위해, 센티해지지 않기 위해, 울기 위해, 웃기 위해, 멀미가 날 정도로 지루하게 이어지는 일상의 사슬을 두 시간가량이라도 끊어놓기 위해, 이 지겹고 답답한 '나'로부터 벗어나기 위해.

영화 속 등장인물들이 겪는 감정의 파고는 평소의 나에게는 웬만해선 찾아오지 않는다. 하지만 러닝타임 동안만큼은 그들과 함께 울고 웃을 수 있다. 나의 마음은 그들을 따라 하늘 높이 치솟기도 하고 바닥없는 구덩이로 내동댕이쳐지기도 한다. 상영관의 암전은 다른 세계로의 진입을 알리는 큐 사인이다. 다시 불이 켜지며 현실 세계로 돌아왔을 때, 거기에는 분명 이전과는 미세하게 다른 마음을 갖게 된 내가 있다. 영화가 아니라면, 내가 어떻게 러시아 원화 복원가의 딸로 태어나 이탈리아 갑부와 결혼해 밀라노에 살다가 아들 친구와 사랑에 빠지는 여성을 이토록 생생하게 관찰하며 그 마음에 물들어볼 수 있을까.

〈아이 엠 러브〉를 보고 집으로 돌아가는 길, 윤정과 나는 별다른 대화를 나누지 않았다. 우리는 아마 엠마로부터 수혈받은 욕구를 각자의 방식으로 소화하고 있었을 것이다. 그날 윤정은 블로그에 긴 글을 적었다. 엠마에게 보내는 편지였다. 그 글에는 빛나지 않는 문장이 없었지만 지금 생각나는 구절은 단 하나, "가요, 엠마." 엠마의 딸과 같은 눈빛으로 엠마를 응원하는 윤정의 마음을 나는 그 한마디로 응축해 기억한다.

바르다의 밭을 구경하고 호텔로 올라가며, 나는 윤정에게 방금 우리가 본 게 〈아이 엠 러브〉 같았다고 말했디 운성은 맞장구를 치며 고개를 끄덕였다. 2층에서 모든 것을 지켜보던 남편들은 우리가 마치 바나나를 발견한 원숭이처럼 우끼끼거리더라는 감상을 전해왔다. 아름다운 것을 보며 아름다운 영화를 떠올렸던 순간도 멀리서 보면 희극에 불과한가 싶었지만 반박은 하지 않았다. 그 또한 은밀해서 좋은 기쁨이었으므로.

오 묘 하 고   깊 은   맛

매일 먹고 사는 일   서이제

　어느 겨울, 사설 아카데미에서 처음으로 소설 창작 수업을 했다. 수업 전에는 아무것도 할 수 없을 정도로 무척 떨렸는데, 그래도 성실하고 열정 가득한 수강생들 덕분에 무사히 수업을 마칠 수 있었다. 종강 이후, 몇몇 수강생들의 제안으로 망원동에 있는 중국 음식점에서 뒤풀이를 했다. 중국 음식점에 가는 것은 거의 10년 만인 것 같았다. 채식을 시작한 이후로 중국 음식을 먹지 않았기 때문이다. 그날 우리가 방문한 중국 음식점은 다행히 채식 옵션이 있었는데, 어향가지를 비롯한 여러 가지 신기한 요리를 주문했으나 정작 짜장면은 시키지 않았다. 모든 음식이 맛있었고 괜찮은 곳인 것 같아 다음에는 채식 짜장면을 먹으러 와야겠다고 생각했다.

짜장면을 먹지 않은 지 10년도 더 되었는데, 사실 어린 시절 내가 가장 즐겨 먹었던 음식은 짜장면이다. 아주 희미한 기억이지만, 유치원에서 행사가 끝난 뒤 엄마가 짜장면을 사줬다. 어떤 행사였는지는 모르겠으나, 특별한 날로 각인되었다. 그것이 내가 기억하는 나의 첫 짜장면이다. 발이 땅에 닿지 않는 의자에 앉아, 엄마랑 마주 보고 짜장면을 먹었다. 그래서인지 그날 이후, 한동안 짜장면은 특별한 날 의식처럼 먹는 음식으로 여겨졌다. 나중에 엄마에게 그 이야기를 하니 그런 적이 있었던 것 같기도 하다고 말했다. "예술의전당 쪽에 짜장면 집이 있었어." "맞아, 내가 다녔던 유치원이 그쪽에 있었지." 나는 짜장면 집의 위치까지 비교적 정확하게 기억하고 있었다.

조금 더 자라서는 배달 주문 하는 법을 배웠다. 동네에 '래빈각'이라는 짜장면집이 있었는데, 매일 그곳에서 짜장면을 주문해 먹었다. 그렇게 나는 간짜장의 불맛을 좋아하는 어린이가 되어가고 있었다.

그 무렵, 새벽에 TV를 틀었다가 우연히 어느 영화 속 장면을 보고 큰 충격을 받은 일을 계기로, 짜장면에 대한 인상이 완전히 바뀌어버렸다. 영화 속 장면은 이러했다. 한 여자가 육교에서 내려와 거리를 걷는다. 한 남자가 그 여자를 따라간다. 여자는 가게로 들어가 짜장면을 먹는다. 짜장면을 한 가닥씩 쪽- 빨아 먹으면 남자는 그 모습을 넋 놓고 본다. 그 장면이 왜 그렇게 야릇하게 느껴졌던 것일까. 이후 짜장면을 먹을 때마다, 그 장면이 떠올랐다. 야릇한 느낌을 지울 수가 없었다. 무슨 이유에서인지, 나는 그 여자처럼 짜장면을 한 가닥씩 먹곤 했다. 그 여자의 모습을 모방하고 싶은 욕망에 휩싸였던 것일까. 정말로 짜장면 한 가닥을 쪽- 빨아 먹는, 그 여자가 되고 싶었던 것일까. 남성의 욕망의 대상이 되고 싶었던 것일까. 또는 남성의 욕망의 대상이 되는 법을 미디어를 통해 배우게 되었던 것일까. 나는 나이가 들면서 그때의 일을 이따금 떠올렸고, 그때마다 섬뜩하다고 생각했다. 도대체 그 영화는 뭐였을까.

훗날, 대학교에서 한국영화사를 공부하며 이장호 감독님의 영화를 보았다. 그리고 그때 오랫동안 머릿속에 남아 있던 그 장면이 눈앞에 복기되었다. 그러니까 10여 년 동안 머릿속에만 존재했던 강렬한 이미지가 바로 눈앞에 나타났던 것이다. 오랜 시간 머릿속을 맴돌던 그 장면이 〈바보선언〉의 한 장면이었다는 사실을 스물한 살이 되어서야 알게 되었다. 그리고 내 기억이 다소 잘못되었다는 것도 알게 되었다. 짜장면을 먹던 여자는 배우 이보희였는데, 그가 먹었던 건 짜장면이 아니라 쫄면이었다. 더불어 그 장면 하나로, 단적으로 이해될 수 있는 영화가 아니라는 사실도 말이다.

2학년이 되었을 때 이장호 감독님의 수업을 듣게 되었는데 날씨가 좋았던 어느 봄날, 공교롭게도 감독님이 학생들에게 짜장면을 사주셨다. 벚꽃이 핀 캠퍼스에서 다 같이 짜장면을 먹었다. 〈바보선언〉에서의 쫄면을 짜장면이라고 착각하며 살았던 것은, 이장호 감독님이 사주신 짜장면을 먹게 될 날에 대한 암시였던가. 인생이 이렇게 작위적이라고?

2022년 전주국제영화제에서는 친구를 많이 만났다. 전주가 고향인 친구와 함께 돌아다니다가 우연히 중국 음식점 앞을 지나게 되었다. 신동아반점. 친구가 어릴 때 자주 시켜 먹었던 중국집이라고 했다. 나는 짜장면을 시켜 먹는 작고 어린 친구의 모습을 그려보았다. 그 앞을 지나치며 사진을 찍어두었는데, 서울로 올라온 뒤에도 그곳이 오래 기억에 남았다. 어릴 때 짜장면을 시켜 먹었던 가게가 여전히 존재하다니, 30년의 세월이라니. 나도 어릴 때 짜장면을 많이 먹었는데. 그 시절 어린이들은 짜장면을 많이 먹었네, 하고 생각했다. 그 가게가 남긴 인상 같은 것과 함께.

앨범을 뒤적이다가, 문득 내가 어릴 때 짜장면을 시켜 먹었던 가게도 아직 존재하고 있는지 궁금해졌다. 나는 래빈각을 검색해보았다. 위치는 바뀌었지만 간판은 그대로였다. '30년이 다 되어가는 맛집'이라는 블로그 포스팅도 발견했다. 사장님 얼굴을 한 번도 본 적은 없지만, 그 가게가 아직도 운영되고 있다는 사실에 왠지 모르게 코끝이 찡해졌다.

아빠는 살아생전 일식집을 운영하셨는데, 경제적으로 여유가 생기자 맞은편에 있던 중국집을 인수하고 싶어했다. 그러다가 사기를 당했다. 중국집 사장이 계약금을 들고 잠적해버린 것이다. 알고 보니 월세가 상당히 밀린 상태였다고. 엄마는 아빠가 하는 일은 어째서 다 그 모양이냐며 분통을 터뜨렸었다. 엄마 말에 따르면, 훗날 아빠는 그 아저씨를 우연히 다시 마주쳤는데 그냥 두었다고 한다. 사정이 딱하다고, 자기는 살 만하니까 괜찮다고 했다고. 돌이켜보면 아빠는 매사 그런 식이었던 것 같다. 만약 그때 아빠가 사기를 당하지 않았더라면, 나는 중국

집 딸이 되었을까. 아빠가 만들어준 짜장면을 먹을 수 있었을까. 그러고 보니 아빠는 정말로 면 요리를 좋아했다.

사실 나는 맛보다는 음식이 만들어지는 과정, 또는 어떤 형식을 취하고 있는지를 더 중요하게 살펴보는 편이다. 이 가게에는 어떤 규칙이 있는가. 주인은 어떤 방식으로 이 가게를 운영하는가. 메뉴판, 숟가락과 젓가락, 접시, 접시에 음식이 담긴 모양, 음식을 내려놓는 방식, 음식이 나오는 순서와 타이밍 등등. 그렇게 입맛에 맞지 않더라도 가게를 운영하는 방식이 마음에 들면 그 가게에 자주 가게 된다.

나 또한 음식을 다루는 방식을 지니기 위해 애쓴다. 매일 아침 과일 한 접시를 먹고, 되도록 내가 먹는 음식의 성분과 재료를 확인하려고 한다. 매일 견과류나 올리브유와 같은 식물성기름을 섭취한다. 찌개보다는 국을 선호하고, 국물은 마시지 않으며 건더기만 건져 먹는다. 이 외에도 여러 원칙들을 세우고 있다. 밥 먹기 전에 반드시 손 씻기. 젓가락, 숟가락은 끝부분을 잡기. 가급적 여러 가지를 섞어 먹지 않을 것. 과자나 과일 등을 손으로 집어 먹지 않을 것. 배달 음식을 시키는 대신 포장해 올 것.

먹고 바로 눕지 않을 것. 야식을 먹지 않을 것 등등. 엄격하게 지켜오던 것들은 코로나19 이후 깨지기도 했지만, 그래도 매번 다시 결심한다.

엄마는 식탁에서 항상 내게 두 가지를 당부했다. 젓가락으로 음식을 뒤적거리지 않기. 숟가락으로 밥그릇을 소리 나게 긁지 않기. 어린 나는 그 두 가지 규율을 잘 지키려고 노력했다. 젓가락질을 잘하는 편이었음에도 혹시나 실수로 뒤적거릴까 봐 김치 한 조각을 집을 때조차 굉장히 조심했다. 엄마는 식사를 빨리하는 편이었는데, 그래서인지 내게 엄마는 신속 정확한 사람처럼 느껴졌다.

아빠는 깔끔하고 단순하게, 그리고 소박하게 식사하는 사람이었다. 밥과 국만 있으면 식사를 할 수 있는 사람, 반찬도 잘 꺼내지 않는 사람이었다. 고기도 거의 먹지 않고, 주로 나물 반찬만 먹었다. 내가 아빠에게 자주 했던 말은 어떻게 그렇게 조금 먹느냐는 말이었다. 아빠는 별 욕심이 없는 사람처럼 보였다.

나는 영화에서도 식사 장면이나 요리하는 장면을 통해 캐릭터를 드러내는 게 좋다. 예를 들면, 루카 과다니노 감독의 〈콜 미 바이 유어 네임〉에서 올리버(아미 해머 분)가 계란을 먹는 장면이다. 연구원의 별장에 초대받은 올리버가 식사 자리에서 계란을 아주 맛있게 먹자, 아넬라(아미라 카서 분)는 계란을 더 먹으라고 권유한다. 이에 올리버는 거절한다. "저는 저를 알아요. 두 개 다음엔 세 개 먹고 그 다음엔 네 개, 말릴 때까지 먹겠죠"라고 말하며 절제하는 모습을 보여주는데, 이는 그의 성격을 잘 드러내는 부분이다. 이러한 성격 때문에 결국 훗날 엘리오(티모시 샬라메 분)에 대한 감정과 욕망도 절제하며 끝내게 될 것임을 예감케 한다.

이해준 감독의 〈김씨표류기〉에서는 짜장면을 먹는 장면과 만드는 과정이 나온다. 그러니까 조리 과정뿐만 아니라, 짜장면 안에 들어가는 재료를 수확하는 과정까지도. 세속적인 삶에 진저리가 난 김 씨(정재영 분)는 한강에서 자살 시도를 했다가, 우연히 무인도 밤섬에 불시착해 살아가게 된다. 어느 날 그곳으로 짜파게티 분말소스가 흘러들어 오는데, 그는 그것을 먹기 위해 옥수수를 수확하여 면을 만들고 끝내 짜장면 한 그릇을 완성한다. 이때 나를 포함한 극장 안 관객들은 모두 탄성을 지르며 입맛을 다셨다. 영화 속에서 김 씨의 삶은 한동안 짜장면 한 그릇을 직접 만들어 먹기 위해 존재한다. 왜 사는지 몰라서 자살을 시도했던 김 씨에게 살아갈 이유가 생겨난 순간인 것이다. 어찌 보면 인간의 삶에 그리 거창한 목표는 필요 없을지 모른다. 거창한 목표를 이루기 위해 사는 게 아니라, 그렇게 하루하루 먹고 사는 일에 충실하는 것, 그것만으로도 이미 삶은 충분하다고 느껴진다. 아니, 오히려 먹고 살기 위한 모든 움직임이 삶을 이루고 있다는 생각이 든다.

살기 위해 무언가 끊임없이 먹어야 하는 움직임, 한때는 그게 참 이상하다고 생각한 적이 있다. 무언가 먹고 배고파지고 다시 먹고 다시 배고파지고, 그렇게 반복되는 것이 소모적이지 않은가? 그러나 〈리틀 포레스트〉를 보면서, 그 반복과 과정이 얼마나 중요한지를 깨닫게 되었다. 그것이 결국 우리 삶의 중심이 되는 움직임이므로. 이 영화는 농사를 짓고 농사를 지은 농작물로 요리를 하고 그것을 먹는 것이 전부지만, 그것이 이치코(하시모토 아이 분)의 생활양식이 된다. 성격이 된다. 이치코는 절망 속에서도 매일 먹고 사는 일을 잊지 않는다.

십수 년 전 광화문에 있는 로펌에서 비서로 일한 적이 있다. 내가 비서라고 말하면 많은 사람이 너의 업무는 (대체) 뭐냐고 되물었다. 그러니까 나는 당신들이 '비서' 하면 떠올리는 일들, 즉 전화를 받고 서류를 복사하고 커피를 타고 변호사의 일정을 관리하고 식사를 주문하고 식당을 예약하는 자질구레한 것부터 시작해 타 부서 직원과 협력하여 변호사의 업무가 잘 굴러갈 수 있도록 조력하는 모든 일을 한다고 구구절절 늘어놓는 사이에 사람들은 벌써 흥미 잃은 표정으로 화제를 넘기고 싶어 하는 기색을 내비치고는 했다.

사실 그들이 진짜 궁금했던 건 비서의 업무 내용이 아니라 '당신은 왜 멀쩡한 대학을 나와서 복사하고 커피

타는 일이나 하느냐'는 것이었겠지만, 그리고 그건 정말이지 비서라는 전문직에 대한 크나큰 편견 중 하나였지만 나는 다 알면서도 모르는 척했다. 그런 편견을 적극적으로 바로잡을 정도로 그 일을 사랑하지는 않았던 것이다. 정해신 날짜에 월급과 보너스를 받고, 10분 단위로 정확히 지급되는 야근수당을 받고, 그리하여 당시 살던 서교동 원룸의 월세와 학자금대출의 원금과 이자를 갚고 생활비를 충당할 수 있는 것에 만족했다. 만족해야 한다고 생각했다.

내 자리에서 대각선 앞쪽에 그 로펌의 파트너 변호사인 K의 방이 있었다. 비서든 변호사든 그 방에만 들어가면 두 손을 공손히 앞으로 모으고 "네, 네"만 연발할 정도로 모두가 어려워하는 최고참이었다. 어느 날 오후, K 변호사가 본인의 비서를 통해 저녁에 함께 영화를 보러 갈 사람을 모집했다. 방문을 열고 세 걸음만 걸어 나와 팀 사람들에게 직접 물어보면 될 텐데, 그런 것 하나까지 비서에게 메일을 써서 공지로 띄우게 했다는 게 또 그 로펌 소속 변호사다운 점이었다. 마침 심심했는지, 아니면 억지로 등 떠밀렸는지 지금은 기억나지 않지만 M 언니와 내가 같이 가기로 했다.

171

다른 변호사들은 대부분 자신의 차를 직접 운전하거나 대중교통으로 출퇴근을 했고, 업무 관련 중요한 일정이 있을 때에 한해 운전기사가 딸린 회사 차량을 이용했다. 반면 K 변호사에게는 본인이 개인적으로 고용한 운전기사가 있었다. 그가 퇴근할 때면 비서가 운전기사에게 "지금 내려가십니다" 하고 전화를 걸었고, 그러면 운전기사가 회사 정문에 차를 대놓고 기다렸다. 처음 그 광경을 봤을 때는 이 무슨 드라마 속 세상인가 싶었는데 그것도 자꾸 보니까 익숙해졌다. 그날 기사님은 M 언니와 나에게 자동차 문을 열어주셨고, 우리는 황송하고도 불편한 마음으로 K 변호사가 우리에게 양보한 뒷좌석에 올라탔다. 회사에서 우리가 영화를 볼 씨네큐브까지는 걸어서 10분이면 충분한 거리였지만 K 변호사와 함께인 한 '도보 이동'이라는 옵션은 존재하지 않았던 것이다……

광화문은 겨울에는 고층 빌딩 사이로 칼바람이 휘몰아치고 여름에는 빌딩 유리에 햇빛이 반사되어 사람이 걸어서 지나다니기 좋은 곳이 아니다. 그 거리는, 그때 처음 알았는데 차로 지나다니기 좋은 곳이었다. 우리는 회사 정문부터 씨네큐브까지 봉제선이 없는 실크 드레스 위를 달리듯 매끄럽게 이동했다. 영화를 보고 밥을 먹었는지

밥을 먹고 영화를 봤는지는 생각이 안 나지만, 그날의 저녁 메뉴가 짜장면이었던 것만큼은 분명하다. 우리는 씨네큐브가 있는 건물 지하의 중국집 원형 테이블에 둘러앉아 짜장면을 먹었다. 그때 K 변호사는 M 언니와 나에게 지금은 어떻게 하고 있는지 물었다. 그건 물론 우리의 저금 현황이 진심으로 궁금해서 하는 질문이 아니라, 단지 다음과 같은 말을 꺼내기 위한 서두에 불과했다.

"내 딸이 처음 취직했을 때, 본인 월급에서 100만 원 저금할 때마다 내가 100만 원씩 더 얹어준다고 했더니 알아서 열심히 저금하더군. 그래서 지금은 ○○○○원이나 모았다고 하네. M 씨랑 지수 씨도 부모님한테 그렇게 해달라고 해봐. 썩 좋은 방법이지? 하하하." M 언니와 나도 그를 따라 하하하 웃었다. K 변호사에게 우리를 비참하게 만들려는 의도가 전혀 없었기 때문에, M 언니와 내가 사는 세상에는 자식에게 한 달에 100만 원씩 턱턱 줄 수 있는 부모가 천연기념물처럼 희귀하다는 것을 그가 명백하게 모르고 있었기 때문에, 그런 방면에서는 예순이 넘은 그가 우리보다 훨씬 순진했기 때문에 우리는 정말 (헛)웃음이 나왔다. 회사에서 영화관으로 이동하는 것도, 취직해서 목돈을 모으는 것도, 그 돈에 부모의 돈을 더해 집이나 차를 사는 것도 걸리적거리는 봉제선 없이 매끈하게 이루어지는 세상. 그런 세상에 대해 내가 아는 바가 없듯이 K 변호사도 차창 밖에서 걸어 다니는 사람들이 무엇을 욕망하는지, 무엇을 불편하게 여기고 또 무엇에 절박하게 매달리는지 영원히 모를 거라고 생각했다. 그것을 일종의 공평함이라고 할 수 있을까? 잘 모르겠지만, 그걸 공평함이라고 부를 때의 마음은 자기 위안이나 정신 승리가 아니어야 한다는 점만은 확실했다.

그날 본 영화는 〈줄리 & 줄리아〉였다. 작가가 되고 싶었지만 현재 공무원으로 일하는 줄리(에이미 애덤스 분)가 삶에 활력을 얻기 위해 전설의 프렌치 셰프 줄리아 차일드(메릴 스트리프 분)의 요리책에 실려 있는 524개의 프랑스 요리를 1년 안에 다 만들어본다는 내용의 영화다. 내게도 스트레스를 심하게 받을 때면 일부러 손에 익지 않은 요리를 시도하던 시기가 있었다. 파에야라든가, 코코넛 크림카레라든가, 갈비찜이라든가.

"요리가 왜 좋은지 알아? (…) 직장 일은 예측 불허잖아. 무슨 일 생길지 짐작도 못 하는데 요리는 확실해서 좋아. 초코, 설탕, 우유, 노른자를 섞으면 크림이 되거든.

맘이 편해." 줄리가 민원인들에게 시달린 하루 끝에 초
콜릿크림파이를 만들며 하는 이 말처럼, 요리는 내가 쏟
아부은 노력이 정확히 결과물이 되어 나타난다는 점이
좋았다. 그것도 짧으면 30분 안에. 게다가 요리를 하는
나는 늘 눈앞의 일에만 집중하고 있다. 정신이 강제로 현
재에 붙들려 있다. 마롱글라세(영화 〈리틀 포레스트: 여름과 가
을〉에 나오는 밤 조림)를 만들기 위해 밤 50개의 겉껍질을 까
다 보면 손이 너무 아프다는 생각, 대체 이걸 어느 세월
에 다 까느냐는 생각(속껍질이 남도록 섬세하게 까야 하기 때문
에 시간이 어마어마하게 걸린다), 밤껍질은 음식물 쓰레기인가
일반 쓰레기인가 하는 생각 외에는 머릿속에 끼어들 수
있는 게 별로 없는 것이다.

언젠가 나보다 몇 년 앞서 아이를 낳은 친구가 말했다.
"전에는 몰랐는데 내가 요리를 즐기지 않는 사람이더라
고. 애를 낳고서야 그 사실을 깨달았어. 그래서 난 이유
식 만드는 게 너무 힘들어." 나는 스스로 요리를 즐기는
사람이라고 생각해왔기 때문에 이유식도 신나게 만들
수 있을 줄 알았다. 아이가 없었기에 할 수 있는 생각이
었다. 요리로 스트레스를 푸는 것도 다 시간과 체력이 있

을 때의 이야기지, 애를 재워놓고 한밤중에 이유식용 식재료를 잘게 다지다 보면, 그걸 익히고 식히고 소분하다 보면, 싱크대 상부장에 닿을 정도로 쌓인 설거짓거리를 자정이 다 되어가는 시간에 절망적인 심정으로 바라보다 보면 나 자신이 요리를 즐기는 사람이라고는 도무지 말하기 힘들어진다.

이유식기期가 끝난 뒤에 아들 유하의 대大 식사 거부기가 찾아왔다. 잘 먹던 아이가 어느 날 갑자기 아무것도 입에 대지 않았다. 원인을 알 수 없으니 매일 새로운 식재료, 새로운 방식으로 요리를 했다. 그리고 그 음식들은 대체로 한 숟가락도 유하의 입으로 들어가지 않은 채 고스란히 설거지통에 처박혔다. 나는 요리를 싫어하게 되었다. 남을 위해서든 나를 위해서든 요리하는 것 자체가 싫어졌고, 나아가 음식을 먹는 행위까지 싫어졌다. 모든 음식을 세 젓가락쯤 먹으면 가슴이 답답해서 더는 먹지 못했다. 먹을 것이라면 꼴도 보기 싫은데 요리를 안 할 수 없으니 장은 봐야 했다. 나의 식욕을 전혀 자극하지 않는 식재료를 냉장고에 차곡차곡 정리해 넣고, 억지로 채소를 썰고 고기를 볶고 쌀을 안쳐야 했다. 고통스러운 나날이었다.

한국판 〈리틀 포레스트〉의 주인공 혜원(김태리 분)이 텅 빈 시골집에서 처음 만들어 먹은 음식은 눈으로 뒤덮인 땅을 파헤쳐 찾아낸, 얼어붙은 배추와 파로 만든 배춧국이었다(밥은 바닥이 훤히 보이는 쌀 항아리에 한 주먹 정도 남아 있던 쌀을 싹싹 긁어 지었나). 나는 그 배춧국이 담긴 국그릇을 두 손으로 들고 마지막 한 방울까지 남김없이 마시는 혜원이 부러웠다. 식욕이 있다는 것은 곧 삶에 대한 의욕이 있다는 뜻이다. 음식이 생명을 유지하는 연료 외의 무엇도 아니었을 때 나는 내가 불행하다고 생각했다. 한 걸음만 떨어져 생각해보면 지금 자신을 사로잡고 있는 근심거리가 대단치 않다는 것을 알 수 있다 해도, 사람은 마음만 먹으면 얼마든지 거기에 매몰되어 불행해질 수 있다.

유하의 식사 거부는 장장 1년 동안 계속되었다. 그러다가 어느 날 갑자기, 거짓말처럼 태연하게 밥을 먹기 시작했다. 내 요리 솜씨가 하루아침에 좋아진 것은 아니다. 그저 안 먹는 시기가 지나간 것이었다. 이 문제로 속 태우는 나에게 여러 사람이 입을 모아 말했던, "때가 되면 다 먹는다"라는 속 터지는 조언은 사실로 판명됐다. 고기를 줄기차게 거부해서 별명이 '삼평동 스님'이었던 아이가 어느 순간 불고기를 입에 대더니 숯불갈비도 먹고 떡갈비도 먹었다. 친정집에 갔을 때는 권하지도 않은 문어와 족발을 먹었고, 엄마가 샐러드에 넣으려고 썰어둔 파프리카까지 마구 집어 먹어서 얼마나 놀랐는지 모른다. 다섯 살에는 쌈장 맛에 눈을 떠서 일주일 내내 삼겹살에 상추쌈을 먹기도 했다. 나도 그 옆에 앉아서, 몸에 연료를 공급하기 위해서가 아니라 맛있어서 음식을 먹었다. 지난번에는 아는 언니의 어머니가 농사를 지어서 한 아름 안겨주신 오이로 오이지와 피클을 담갔다. 피클용으로 오이와 무를 썰면서 내가 지금 요리를 하고 있구나, 억지로가 아니라 즐거워서 하고 있구나, 생각했다.

내가 이번 영화는 〈줄리 & 줄리아〉나 〈리틀 포레스트〉로 쓸 것이라고 했더니(결국 두 개를 섞어 쓰고 있지만) 서이제 작가가 말했다. "〈리틀 포레스트〉는 음식이 곧 삶이 되고 요리가 곧 생활양식이 되어, 그 생활을 지속하고 유지하는 걸 보여줘서 좋았어요." 〈리틀 포레스트〉의 혜원과 일본판 주인공 이치코는 자신이 먹을 것을 직접 심고 키워서 수확한다. 잼을 만들고 빵을 굽고 떡을 찌고 막걸리를 만든다. 그들의 일상은 오직 먹는 것을 중심으로 굴러간다. 완전하고 안전해 보이는 그들만의 유토피아. 그들이 부러운 이유는 그들에게 그럴 수 있는 시간과 공간이 주어졌기 때문이 아니라, 그 모든 것을 기꺼이 해낼 수 있는 에너지가 있기 때문이다. 마롱글라세를 만들기 위해 온종일 밤껍질을 까고, 깐 밤을 베이킹소다에 하룻밤 재워뒀다가 끓이고 식히기를 세 번 반복하고, 설탕을 넣고 졸여 두 달 동안 숙성시킨 뒤에 먹는 그런 일을 해낼 수 있는 에너지 말이다.

나도 그럴 수 있을까. 하루 이틀이 아니라 1년이고 2년이고 지속적으로 그렇게 생활할 수 있을까. 그런 자급자족 전원생활까지는 아니더라도, 마롱글라세까지는 아니더라도, 지금은 소고기장조림 정도는 만들 수 있을 것 같다는 생각이 든다. "때가 되면 다 먹는다"라는 말은 유하에게뿐만 아니라 나에게도 사실이었다.

〈줄리 & 줄리아〉의 줄리는 프랑스 요리에 도전하는 기간 내내 줄리아 차일드를 자신의 스승이자 길잡이, 친구로 여겼다. 그러나 줄리아 차일드는 줄리의 블로그에 대해 불쾌하고 존중이 부족하다고 말한다. 그렇다고 줄리가 줄리아에게 앙심을 품거나 미워하게 되는 건 아니다. 줄리는 여전히 줄리아를 존경하며, 새로 익힌 524개의 프랑스 요리 레시피와 함께 자기 인생의 다음 단계로 넘어간다. 처음 영화를 봤을 때는 줄리아의 마음을 도통 모르겠다고 생각했다. 자신의 요리책을 추앙하며 그 레시피를 열심히 따라 하는 팬에게 그런 모진 말을 한다는 게 나로서는 납득이 되지 않았던 것이다. 실은 지금도 잘 이해가 안 가지만, 줄리아가 줄리를 응원하며 행복만 가득하게 끝나는 것보다 그런 쌉쌀함이 가미된 결말이 영화적으로는 더 좋았다고 본다. 줄리는 줄리아가 물에 빠져 허우적대는 자신을 살렸다고 말했지만, 남편의 말대로 줄리를 살린 것은 줄리 본인이다. 그리고 그 점은 줄리아가 줄리의 블로그를 불쾌하게 여김으로써 더욱 강조된다. 자신이 1년 동안 마음의 지주로 삼았던 사람의 멸시를 받았으나 그럼에도 불구하고 씩씩하게 털고 일어나 마지막 요리까지 만들어내는 것. 그런 결말을 보면서 관객이 느끼는 감정은 온 우주가 주인공을 돕는 해피엔딩을 볼 때보다 훨씬 다채로울 것이다. 설탕만 넣은 요리보다 여러 가지 향신료를 가미한 요리가 더 오묘하고 깊은 맛을 내는 건 당연한 일이니까.

아주 오랜만에 인터넷 서점 장바구니에 요리책을 두 권 담았다. 이 계절이 끝나기 전에 레시피 두세 개를 마스터할 수 있다면 좋겠다.

좋거나 혹은 별로거나

차기작을 기다리며

서이제

아마 지금껏 나는 예술가들의 삶을 그린 영화보다, 부패한 정치인과 조직폭력배의 삶을 그린 영화를 더 많이 보며 살았을 것이다. 그래서 이준익 감독의 〈동주〉가 개봉했을 때 무척 반가웠다. 나는 줄곧 우리나라 예술가들의 삶을 그린 영화가 많이 제작되기를 바라왔다. 화가 나혜석과 천경자의 삶을 그린 이야기나 최초의 여성 감독 박남옥이 영화를 찍는 과정을 그린 이야기, 또는 구인회를 중심으로 한 소설가 박태원과 이상의 이야기, 일제강점기에 신극운동을 시작한 극예술연구회나 일본 유학생을 중심으로 결성된 토월회의 이야기, 같은 시기 서양화를 배우기 위해 일본으로 유학을 갔던 근대 화가들의 이야기는 어떨까. 무성영화 시대에 잠시 인기를 끌다가 사라진 변사의 이야기도 궁금했다. 최초의 민족 영화 나운규의 〈아리랑〉은 현재 필름이 유실되어 문서 기록으로만 남아 있는 상태인데, 만약 언젠가 기적처럼 원본 필름을 찾게 된다면, 그 화제성에 힘입어 그의 생애를 그린 영화가 제작될 수 있지 않을까. 나는 계속 식민지 시대 예술가의 삶이 궁금했다. 그 시대를 예술가로 살아간다는 건 도대체 어떤 느낌일까. 그들이 어떤 마음으로 작업에 임하며 살아갔을지, 도무지 쉽게 헤아려지지가 않았다. 근대화가 서구화라는 말과 자주 혼용되듯, 식민지 시대 조선인들은 서구 문명에 대해 동경과 열패감을 동시에 느낄 수밖에 없지 않았을까. 문화예술을 자유롭게 발전시킬 수 없는 특수한 시대적 상황 속에서 조선 예술가로서 정체성을 지키는 일도 쉽지 않았을 것이다.

대학에서 영화를 공부하면서, 한국에서 태어나 영화를 꿈꾼다는 것이 어떤 의미인지 종종 생각해보았다. 만약 내가 미국인이거나 프랑스인이었다면 어땠을까. 이미 나는 고등학생 때 극장에서 블록버스터 영화를 보고는 할리우드 대자본과 기술력에 압도당해 두려움을 느꼈던 적이 있다. 세계 최초로 영화를 만든 프랑스가 부러웠다. 그들이 가지는 자부심이 어떤 것인지 나는 영원히 알 수 없었다. 할리우드를 동경하거나 프랑스 누벨바그의 작가주의 영화에 빠져들 뿐이었다. 중요하게 다뤄지는 거의 모든 영화이론이 외국에서 나왔기 때문에 이따금 영화를 공부하는 것이 외국어를 습득하는 일처럼 느껴지기도 했다. 영어뿐만 아니라, 잘 알지도 못하는 프랑스어와 독일어를 외우며 지냈다. 영화에 대해 이야기할 때, 한국어로 된 무언가를 가지고 싶었다. 나는 어떤 개념을 가지고 싶다고 생각했다.

처음에 세계에서 주목받았던 한국영화는 판소리나 한의 정서, 한복이나 기와집이 나오는 영화들이었다. 그것을 일종의 오리엔탈리즘으로 이해할 수 있을까. 국가적인 차원에서도 의도적으로 남북문제를 다룬 영화들을 외국에 선보이려는 듯했고, 이것은 서구에서 한국을 어떻게 바라보고 싶어 하는지를 알고 이를 충족하려는 태도인 것 같았다. 그러나 이렇게 말하는 나 또한 사실, 마음속 한구석에는 서구 문명에 대한 동경과 열패감이 있었을 것이다. 단지 그걸 드러내고 싶지 않았을 뿐. 아마내가 우리나라 예술가들의 삶을 그린 영화가 많이 제작되기를 바랐던 것도 그러한 이유에서가 아니었을까. 더불어 내게는 할리우드 영웅과 같은 우리 캐릭터를 가지고 싶다는 열망이 있었다.

조성희 감독의 〈탐정 홍길동: 사라진 마을〉이 개봉했을 때, 친구는 확신하며 "네가 분명히 좋아할 거야"라고 말했다. 왜냐고 물었더니, 홍길동이 캐러멜을 먹는다는 것이었다. "그게 왜?" 나는 물었다. "이상해서 네가 좋아할 것 같아. 심지어 뻔뻔하기까지 해. 분명 네가 좋아할 거야." 친구는 나를 너무도 잘 알고 있었다. 친구 말이 다 맞았다.

영화는 어머니를 죽인 원수를 찾아가는 탐정 홍길동(이제훈 분)이 그 과정에서 만난 어린아이 둘과 우정을 나누는 이야기였다. 모든 사건이 해결된 후, 마지막에 속편을 예고하며 끝난다. 이제 탐정 홍길동 시리즈가 나오겠구나. 이렇게 캐릭터가 중심이 되는 경우, 에피소드를 계속해서 만들어갈 수 있다. 마치 명탐정 코난이 가는 곳마다 범죄가 일어나듯이, 이제 탐정 홍길동이 가는 곳마다 범죄가 끊이지 않을 것이다. 저 정도면 쟤가 범인 아니야? 의심이 들 정도로, 수많은 범죄가…… 그러나 관객들은 그 어처구니없음을 눈감아줄 것이다. 그것이 이런 종류의 영화의 묘미라고 생각한다. 어쨌든 나는 계속 속편을 기대하며 지냈는데, 아무리 기다려도 속편은 제작되지 않았다.

그렇게 홍길동은 더 이상 캐러멜을 먹을 수가 없었다.

친구가 나의 취향을 잘 알고 있었던 건 나를 오랫동안 지켜봐왔기 때문일 것이다. 그는 내가 최동훈 감독의 〈전우치〉를 n차 관람할 때도 내 친구였고, 김민석 감독의 〈초능력자〉를 보고 열광할 때도 내 친구였다. 그는 이런 나를 여전히 이해하지 못하지만, 이런 나를 있는 그대로 받아들여주는 좋은 친구다.

〈전우치〉는 까불이 도사 전우치(강동원 분)가 조선시대와 현대를 오가며 요괴 사냥에 나서는 활약상을 그린 영화인데, 만화 〈머털도사〉의 실사화를 주장하는 나로서는 도사가 나오는 영화를 좋아하지 않을 수 없었다(만약 〈머털도사〉를 실사화한다면, 묘선이는 무조건 구교환이 되어야 한다). 내가 도사와 요괴를 좋아하는 이유는 나도 잘 모르지만, 이 마음은 초등학생 때부터 지금까지 지켜온 한결같은 마음이다. 그리고 또 이 영화가 좋았던 이유는 난해한 대사 톤과 다소 어색한 후시녹음 때문이었다. 이렇게 후시녹음을 많이 할 수밖에 없었던 이유는 도심에서 촬영한 장면과 와이어를 타고 날아다니는 장면이 많았기 때문일 것이다. 얼굴 표정과 목소리, 입 모양과 대사가 묘하게 어긋나는 느낌이 좋았다. 키치함을 더해주는 듯하달까.

더군다나 유해진이 초랭이, 즉 인간이 되고자 하는 개로 나온다는 점에서 이 영화는 이미 시대를 앞서간 작품이라고 할 수 있겠다. 영화 속 주인공이 반드시 인간일 필요가 없으며, 인간이 반드시 인간을 연기할 필요도 없으니까. 이처럼 〈전우치〉가 지니고 있는 요소 하나하나가 내게는 매력적으로 다가왔다. 그리고 이 영화가 좋은 건 무엇보다 다양한 몸의 움직임을 볼 수 있다는 점이다. 활극이 펼쳐지는 장면 이외에도 도심 곳곳을 누비는 인물들, 그러니까 그들의 동선이 만들어내는 리듬감이 쾌하고 아름답게 느껴졌다.

〈초능력자〉도 마찬가지로 한국형 영웅 캐릭터가 등장하는 영화라고 할 수 있는데, 나는 개봉 당시 극장에서 이 영화를 보고 하마터면 관객석에서 일어날 뻔했다. 흥분하여 가만히 앉아 있기가 힘들었다. 온몸으로 이 영화에 반응했다. 자리에서 계속 들썩거리며. 이제 와 다시 보면 여성 캐릭터를 다루는 방식이 매우 아쉽지만, 그래도 영화가 2010년에 개봉되었다는 점을 감안하면 긍정적으로 볼 수 있는 지점이 많다고 생각한다.

이 영화는 간단히 말해, 사람을 마음대로 조종하는 초능력자 초인(강동원 분)과 그에게 조종당하지 않는 유일한 초능력자 규남(고수 분)이 대결하는 이야기라고 할 수 있을 것이다. 영화 속에서 규남은 도덕적이고 강한 신념을 지닌 청년 시민이다. 초인이 개인의 이득을 위해 그를 조종하려고 해도 규남은 움직이지 않는다. 이 점은 법과 질서를 준수히며, 사회의 부조리 앞에서 능동적으로 사고하는 시민 영웅을 보여주는 부분이다. 더불어 이 영화는 이주노동자와 장애인을 적극적으로 등장시키고 있다. 규남의 친구들은 서로 다른 피부색을 한 이주노동자들이다. 그들은 으레 미디어에서 외국인을 묘사할 때처럼 어눌하게 말하지 않는다. 아주 유창하게 한국말을 하며 규남에게 조언까지 한다. 강동원이 배역을 맡은 초능력자 또한 신체적 장애를 가지고 있는데, 그 당시 한국영화가 보여주지 못했던 지점들을 전면에 내세워 보여주는 영화였다. 그 시도 자체가 유의미하다고 생각했다. 할리우드 장르 영화의 법칙을 지키면서 한국 사회의 단면을 보여주기란 쉬운 일이 아니기 때문이다. 나는 극장을 나오며, 하루빨리 김민석 감독이 차기작을 찍어주기를 바랐다. 그의 행보가 기대되었고, 그 행보를 따라가리라 다짐했다.

한번은 동기 오빠와 함께 카페에서 〈식스 센스〉와 〈해

프닝〉을 연출한 M. 나이트 시아말란에 대한 이야기를 나누고 있었다. 그때 오빠는 갑자기 생각에 잠기더니, 사실 자기가 아는 형 중에 M. 나이트 시아말란을 엄청 좋아하는 형이 있다고 했다. 그 형은 고수와 강동원이 나오는 영화, 그리 잘되지는 않았지만 아무튼 그런 영화를 만들었다고 했다. 나는 오빠가 〈초능력자〉를 이야기하고 있음을 단박에 알아차릴 수 있었다. "오, 나 그 영화 완전 좋아하는데! 극장에서 엄청 봤는데! 연출 수업 때 그 영화로 리포트도 썼는데! 싸이월드에 그 영화 스틸컷으로 도배한 적도 있는데! 내 싸이월드 BGM도 그 영화 OST야." 내가 갑자기 흥분하며 말하자 오빠는 조금 놀란 눈치였다. 나는 오빠에게 김민석 감독의 차기작이 언제 나오냐고 물었다. 그때 오빠는 자기도 잘 모르겠다고 했다. 그래도 어쨌든 한국의 M. 나이트 시아말란이 될 수 있는 형이라고 했다.

그리고 13년째 나는 여전히 그의 차기작을 기다리고 있다. 사실 아직도 이따금 김민석 감독의 〈초능력자〉에 대한 감상 평을 찾아본다. 혹평들 사이, 어떻게 해서든 호평을 찾아내려고 한다. 호평을 쓴 사람은 이미 내 친구다. 이 영화는 분명 한국영화사에서 저평가받은 괴작이

틀림없다. 괴작이란 사실 좋은 것이다.

　외국에서 공부를 하거나 일을 하고 있는 친구들은 언제든 시간이 되면 자기가 사는 곳으로 놀러 오라고 했다. 재워주겠다고, 가이드를 해주겠다고. 그리고 꼭 덧붙이는 말이 있었다. "요즘은 정말 분위기가 완전 달라. 〈기생충〉모르는 사람이 없어. 봉준호의 나라에서 영화를 배웠다니! 한국에서 영화 공부 하다가 왔다고 하면 다들 부러워해. 그런데 그럼에도 여전히 인종차별은 있어."

　아직 친구들이 사는 나라에 가본 적은 없지만, 그 이야기를 듣는 것만으로 확실히 10년 전과는 분위기가 완전히 달라졌다는 생각이 들었다. 매년 해외에서 한국영화와 배우들이 상을 받았다는 소식이 들려오고 있었으니까. 영화감독들이 외국에서 영화를 찍고, 한국의 유명한 스태프들이 할리우드에서 일을 하고 있었으니까.

　나는 이런 상황을 지켜보면서, 일제의 억압을 비판하고 민족의 애환을 담은 영화 〈아리랑〉을 만들어 성공을 거뒀지만, 이후 할리우드영화에 대한 동경으로 활극에 도전하면서 내리막길을 걸어야 했던 춘사 나운규 감독을 떠올렸다. 젊은 나이에 성공을 거둔 청년 감독이자 배우 나운규는 어떤 마음이었을까. 당시 그가 할리우드영화를 보며 느꼈던 감정은 무엇이었을까. 그리고 그가 지금의 한국영화를 본다면 무슨 생각을 하고 무슨 말을 할지 궁금했다.

공교롭게도 대학 시절 내가 활동했던 동아리의 이름이 '아리랑'이었다. 입학했을 당시 이미 23년의 전통을 자랑하는 동아리였다. 1980년대 민주화운동의 일환으로, 저항의식을 담은 영화를 제작하는 대학 동아리가 생겨나기 시작했는데, 이 동아리 또한 그때 만들어지게 되었다고 한다. "이 땅에서 영화할 사람들의 모임! 아리랑!"이 동아리의 구호였는데, 나는 그 구호를 외칠 때마다 이 땅에서 영화를 한다는 말에 의문을 품었다. 우리가 이 땅에서만 영화를 할까? 정말 그럴까? 우리는 바다 건너 낯선 땅까지 가게 되지 않을까? 그건 어떤 부와 명예를 가져다주는 성공을 의미한다기보다, 그런 시대가 될 것이라는 예감에 가까웠다. 우리 세대는 외국에서 영화 작업을 하는 것이 당연시될 것 같았다. 물론 그런 의미로 만들어진 구호가 아니란 것도 알고 있었으나, 이상하게도 그 구호를 외칠 때마다 그렇게 반문했다. 그리고 정말로 이제는 그런 시대가 온 것이다.

영화는 우리에게 서구에 대한 열패감을 심어주기도 했지만, 동시에 서구에 대한 열패감을 극복할 수 있는 수단이 되어주기도 했다. 서구 문명이 이룬 근대의 산물인 영화를 통해, 세상을 바라보고 자기 목소리를 낸다는 것은 무엇을 의미하는가. 이 땅에서 태어난 우리가 영화를 한다는 건 어떤 의미였는가. 민주화를 이루고 문화예술 산업을 확장시키는 과정에 영화가 늘 함께였다는 사실은 무척 의미심장한 일이다.

더 많이 보며 실패하고 성공하기 이지수

〈브람스를 좋아하세요?〉라는 클래식 업계를 다룬 드라마를 뒤늦게 보았다. 주인공을 쇼팽콩쿠르 2위에 입상시켜 별명이 '콩쿠르 킬러'가 된 교수는 이렇게 말한다. "콩쿠르에서는 무조건 심사 위원들 전부한테서 7점, 8점, 9점을 고르게 받아야 한다. 한두 명한테서 10점 받고 나머지한테서 6점, 7점 받는 그런 연주는 절대로 콩쿠르에서 입상할 수 없다."

하지만 점수라는 것은 때로 신기할 만큼 주관적이라서 남들에게 9점, 10점을 받은 영화라도 나한테는 5점, 6점일 때가 있는가 하면, 나에게는 두말할 것 없이 10점인데 남들은 5점을 주는 영화도 있다. 물론 거기에는 개인의 기호와 경험과 지식, 그리고 그것을 바탕으로 한 해석력 등이

관여할 것이다.

원래 이번 글의 주제는 '모두가 싫어하는데 나만 좋아하는 영화'였다. 그런데 머릿속을 아무리 헤집어봐도 그런 영화가 떠오르지 않았다. 다 내 경험과 지식과 해석력이 부족한 탓이겠지……. 별 수 없이 CGV 앱을 켜서 몇 분간의 고투 끝에 '내가 본 영화' 메뉴를 찾아냈다. 눌러봤더니 2004년부터 지금까지 CGV에서 본 영화 목록이 좌르륵 떴다. 내가 〈내 머릿속의 지우개〉를 2004년에 창원 CGV에서 봤다고? 이거야말로 내 머릿속의 지우개로군(여태껏 안 본 영화라고 생각하며 살아왔다). 〈B형 남자친구〉를 영화관에서 봤어……?(이 영화에 대한 네이버 한 줄 평. "조용히 사는 B형 건들지 마세요.") 2014년에는 무슨 일이 있었기에 평촌 CGV에서만 영화를 31편이나 봤지?(직장 때려치운 해였다.)

스크롤을 끝까지 내렸지만 안타깝게도 '모두가 싫어하는데 나만 좋아하는 영화'는 찾을 수 없었다. 대신 '모두가 좋아하는데 나만 싫었던 영화'는 몇 편 발견했다. 좋은 게 왜 좋은지에 대해 말할 시간과 에너지도 부족한 판에 남들은 좋다는 영화가 왜 싫은지 구구절절 늘어놓기란 썩 유쾌한 일은 아니다. 하지만 이번에는 그 내키지 않는 일을 해야겠다. 안 그러면 영원히 이 원고의 공백을 채우지 못할 것이기에……

case 1. 신카이 마코토 〈너의 이름은.〉

먼저 말해두자면 나는 〈그녀와 그녀의 고양이〉라는 2000년 작 초단편 애니메이션을 봤을 때부터 신카이 마코토를 좋아해왔다. 그가 그려내는 섬세한 하늘과 전철과 건물에 환장하는 '2D 애니 갬성' 덕후이기도 하다. 거기다 이 작품이 일본에서 어마어마한 홍행 성적을 거뒀다는 사실까지 더해져, 영화를 보러 간 당시 나와 친구 (또 또 윤정)의 기대치는 상영관 천장을 뚫을 기세로 치솟아 있었다. 그러나 다들 아시다시피 어떤 창작물과 첫 대면을 할 때 가장 큰 적군은 너무 높은 기대치다. 〈너의 이름은.〉은 그 사실을 몸소 증명한 영화였다.

상영관에서 나온 윤정과 나의 표정은 심란했다. 우리는 누구보다 이 영화를 좋아할 준비가 되어 있는 사람들이었다. 개봉 소식을 공유하며 홍분했고, 일주일 전부터 좌석을 예매해뒀으며, 무엇보다 영화를 보기 위해 주말 아침에 각자의 집에서 결코 가깝지 않은 대학로 CGV까지 간 참이었으니까……. 엘리베이터 안에서만 해도 점

잖게 침묵을 지키던 우리는, 건물 바깥으로 나오자마자 한 시간 반 동안 가슴에 찜찜하게 맺혀 있던 응어리를 폭풍 래핑으로 쏟아냈다(영화관 엘리베이터에는 작품에 감동받아 아련한 표정을 짓고 있는 사람들밖에 없었고, 우리는 그 감동을 깨부수고 싶지 않은 양식 있는 시민이었으므로 그들과 충분히 멀어질 때까지 기다린 것이었다).

아니, 남녀 주인공의 몸이 뒤바뀌는 영화면 꼭 그렇게 여주인공 몸에 들어간 남주인공이 가슴을 주물러보는 장면을, 한두 번도 아니고 매번! 몸이 바뀔 때마다! 넣어야 하는 거야? 대체 누구를 위한 서비스 장면이야? 무녀가 씹다 뱉은 쌀로 술을 만들어서 신에게 바치는 의식도 묘하게 에로틱한 연출이지 않았어? 게네들(고등학생 여주인공과 초등학생 여동생)은 미성년자고, 이 영화는 12세 관람가라고. 게다가 나중에 남주인공이 그걸 먹고 다시 여주인공 몸에 들어가서 마을을 구한다고? 아무리 애니메이션이라고 해도 그렇지, 너무 이상하잖아?(감독은 나중에 어느 인터뷰에서 이 장면을 일컬어 "키스의 메타포였다" "내 페티시즘이 무의식중에 들어가버렸을지도 모른다"라고 말했다⋯⋯.)

이런 찜찜한 점들이 빛나는 부분을 뒤덮을 정도로 컸는가 하면 아니라고 대답해야겠지만, 그래도 우리는 조금의 찜찜함도 없이 이 작품을 좋아하고 싶었다. 그래서 더 허무하고 속상했다. 그렇게까지 부지런을 떨며 예매를 해서 주말 아침에 영화를 보러 간 것도, 또 그렇게까지 열과 성을 다해 화를 낸 것도 다 감독에게 애정이 있기 때문인데, 후속작 〈날씨의 아이〉에 이르러서는…… 집에서 보다가 후반부 내내 꿀잠을 자버렸다(윤정과 나의 또 다른 친구 여진은 재밌게 봤다고 했으니 이것도 어쩌면 나만 그저 그랬던 영화일지도 모른다. 한 번 더 보면 좋을 것 같긴 한데, 그러고 싶은 마음이 안 든다는 게 문제다). 신카이 감독이여, 부디 신작 〈스즈메의 문단속〉으로 애정이 식어버린 이 오랜 팬을 멋지게 한 방 먹여주기 바란다. (이 글을 쓰고 몇 달 뒤 〈스즈메의 문단속〉이 한국에서 개봉했고, 2023년 4월 기준 역대 일본영화 흥행 1위를 차지할 정도로 대단한 인기를 누렸다. 나는 이 작품을 〈날씨의 아이〉보다는 재미있게 봤지만 한 방 먹었다고 생각할 정도는 아니었다. 그래서 또다시, 다음번에야말로 제대로 한 방 먹기를 기대하며 신카이 마코토의 후속작을 기다리고 있다. 어쩌면 나는 이런 식으로 그의 신작을 영원히 기대하고 기다리기를 반복할지도 모른다는 생각이 든다…….)

case 2. 조 라이트 〈시라노〉

창원 사는 엄마가 우리 집에 놀러 오셨다. 〈시라노〉 관람은 엄마와 함께 즐거운 하루를 보내고 싶어서 세운 계획 중 일부였고, 그래서 반드시 재미있는 영화여야 했다. 내 기억으로는 그것이 엄마와 단둘이 영화관에서 보는 첫 영화였으니까. 하지만 극이 진행될수록 나는 화가 났다. 영화를 보다가 근래 그렇게까지 감정이 동요된 적이 없을 정도로 화가 났다. 왜냐하면 근래 많은 영화를 보지 않았기 때문이다…….

진정한 사랑을 찾는다면서 크리스티앙(캘빈 해리슨 주니어 분)의 외모만 보고 곧바로 사랑에 빠지는 록산(헤일리 베넷 분)도 이해가 안 되고, 그런 록산을 오랫동안 짝사랑해온 시라노(피터 딘클리지 분)도 이해가 안 되고, 록산과 제대로 만나본 적도 없으면서 록산에게 목을 매는 크리스티앙도 이해가 안 되었다. 게다가 록산은 크리스티앙에게 자신이 원하는 모습(지적인 면모)을 내놓으라고 닦달하기까지 해서 구경하는 나까지 기가 빨리는 기분이었다. 요컨대 나는 그들이 사랑에 빠지고 그 감정을 심화시켜 나가는 매 순간에 전혀 설득되지 않았던 것이다. 이 르네상스 시대의 로맨스는 나에게는 그저 보기에만 예쁜 떡이었다.

주인공들의 감정에 동화가 안 되니까 그 자리에 앉아

있는 시간이 참을 수 없이 지루했다. 나의 선택을 저주하며 대역죄인이 된 심정으로 옆자리의 엄마를 살펴봤는데, 놀랍게도 엄마는 크리스티앙에게 립싱크를 시켜놓고 그늘진 한구석에서 록산에게 몰래 세레나데를 불러주는 시라노를 보며 "우짜노, 너무 가심이 아프다. 그쟈?" 하며 진심으로 감동받은 기색이었다. 심지어 다음 날 아빠한테 "어제 작은딸이 보여준 영화 너무 재밌더라. 아주 가심 아픈 사랑 이야기. 〈시라소니〉"라고 자랑도 하셨으니 거짓말은 아니었을 것이다. 그리고 나는 그 후로 약 일주일 동안 '시라소니'를 떠올리며 혼자 꺽꺽 웃었다……. 엄마에게 추억과 웃음을 동시에 주었으니 아무래도 이 영화를 이제 그만 미워해야겠지?

case 3. 마이클 패트릭 킹 〈섹스 앤 더 시티 2〉

"망작입니다. 이건 망작이에요."(네이버 영화 별점 반 개를 준 어느 네티즌.)

마이크 타이슨이 말했듯이 누구나 그럴싸한 계획을 가지고 있다. 처맞기 전까지는. 마이클 패트릭 킹에게도 그럴싸한 계획이 있었겠지. 지구 반대편의 관객에게 별점 반 개를 받기 전까지는……. 해외 반응은 어떤가 해서 로튼 토마토에 들어가 번역기를 돌려봤다. "나는 화려한 판타지가 이 프랜차이즈에 필수적이라는 것을 알고 있지만, 판타지가 왜 그렇게 기절해야 합니까I realize that gaudy fantasy is essential to this franchise, but why does the fantasy have to be so stunted?"

그렇다. 스페인으로 갔던 전편보다 더 '기절하는 판타지'를 보여주고 싶었다는 것은 알겠지만, 그렇다고 네 주인공이 아부다비까지 날아가 현지 가라오케 무대에서 〈아이 엠 우먼I am Woman〉을 부를 필요는 없었을 것이다(여자는 강하다고 외치는 이 노래를 아랍 문화권에서 미국 여성 넷이 부르게 한 연출 의도가 너무 뻔해서 낯 뜨거울 지경이었다). 또 그때 다른 손님들이 감동받은 얼굴로 떼창을 할 필요도, 아부다비의 여성들이 차도르 속에 루이비통의 봄 신상품을 걸치고 있을 필요도, 그들이 미국 셀럽의 뷰티 관련 자기계발서로 은밀하게 독서 토론 모임을 가질 필요도, 무엇보다 결혼한 캐리(세라 제시카 파커 분)가 이역만리에서 구남친 에이든(존 코벳 분)을 '우연히' 만나 '의도치 않게' 바람을 피워야 할 필요도 없었을 것이다…….

로튼 토마토의 또 다른 비평가는 이렇게 썼다. "속편인 〈섹스 앤 더 시티 2〉는 환희에 대한 충동을 없애줌니다. 불만을 품은 소녀들(여성이 아니라, 절대)이 그들의 삶에 있는 모든 것에 대해 징징거리는 것을 점점 더 믿을 수 없을 정도로 지켜보고 있습니다The sequel, ⟨Sex and the City 2⟩, wipes any urges towards mirth. You watch in mounting disbelief as the disgruntled girls(not women, never) come on to whinge about every single thing that's in their lives." 나 또한 내가 이 글을 쓰기 위해, 십수 년 전 개봉 당시에도 망작이라고 생각했던 이 기나긴 영화를 두 시간 반 동안 꼼짝도 안 하고 다시 봤다는 사실을 믿을 수 없다. 환희에 대한 모든 충동이 없어지는 기분으로······. '한국에서는 좋아하는 시리즈의 영화화가 망했다고 해서 좋아하기를 중단합니까?' 계속 이런 식이라면 아마 그럴 수도 있지 않을까요······.

패션과 네 주인공의 연애 이야기가 ⟨섹스 앤 더 시티⟩의 정체성이라 할지라도, 팬들은 그저 더 큰 화려함과 더 강한 자극만을 원하는 게 아니다. 그럼 팬들은 그들에게 무엇을 원하는가. 나이를 먹으며 현명함과 지혜로움을 갖춰가는 모습? 또는 영원히 행복하게 잘 사는 모습? 그러면 그것은 더 이상 ⟨섹스 앤 더 시티⟩가 아닐 테고, 재미도 뭣도 없을 테고, 제작진은 딜레마에 빠질 테고, 그러다가 이런 망작이 또 나올 테고, 팬심으로 보는 나는 영원히 고통받을 테고, 나도 내가 대체 무엇을 바라는지 모르겠고……(어쩌면 그들과의 품위 있는 이별?).

이 영화가 개봉한 2010년 당시 나는 예의 로펌을 다니고 있었는데, 영화를 본 다음 날 회사 동료들에게 망작이라고 이야기하자 다들 정색했다. 모두 입을 모아 이 영화가 정말 좋았다고 말했으며, 심지어 그중 하나는 이렇게 쏘아붙이기까지 했다. "왜? 난 너무 재밌던데? 넌 여자 아니야?" 그 말이 너무나 충격적이었던 나머지 십수 년이 지난 지금까지도 기억에 생생하다. 〈아이 엠 우먼〉은 내가 불러야 할 노래였나? 논리가 왜 그렇게 흘러갔는지는 모르겠지만, 아마 그 동료는 제작진의 의도대로 화려한 판타지에 기절했던 거겠지. 그리고 나는 그의 취향을 존중한다. 다만 우리가 같은 상영관에 나란히 앉아 영화를 볼 일은 영원히 없을 것이다. 연락이 끊겼으니 만날일도 영원히 없겠지만…….

한때 사랑했던 TV 시리즈가 영화화되면서 (설령 흥행에는 성공했을지라도) 무참하게 망가져버리는 모습을 지켜보는 건 정말 슬픈 일이다. 이 망가짐을 만회하기 위한 시도인지, 아니면 더 들려줄 이야기가 남은 것인지, 〈앤드 저스트 라이크 댓〉이라는 〈섹스 앤 더 시티〉의 시퀄 드라마가 작년에 나왔다고 한다. 시즌 1은 이미 현지 방영이 끝났고 시즌 2 제작이 확정되었다고. 유튜브 클립 몇 개를 찾아보니 아무래도 제작진이 '(영화에서 결혼을 해버린) ○○의 연애와 그에 따른 좌충우돌'이라는 〈섹스 앤 더 시티〉의 골격을 이어가기 위해 남편 ●●을 희생시킨 듯하다(나름대로 익명 처리를 했지만 ○○과 ●●이 누구인지 너무나 뻔하지요?). HBO의 드라마니까 아마도 이제 곧 웨이브에 올라올 거고, 그럼 나는 또 웨이브 정액권을 결제하겠지? 리뷰를 보니 사만다(킴 캐트럴 분)가 빠졌음에도 불구하고 평이 나쁘지는 않은데, 또 모르지. 남들은 좋다는데 나만 싫어할지도. (이 글을 쓰고 얼마 후 웨이브에 〈앤드 저스트 라이크 댓〉이 공개되었다. 다행히 정액권값이 아깝지 않을 만큼 재미있었고, 나는 지금 시즌 2를 하염없이 기다리는 중이다. 휴덕은 있어도 탈덕은 없다더니.)

"남들은 좋다는데 나만 별로고, 남들은 별로라고 하는데 나만 좋은 어떤 지점에서 취향이 나타날 것 같아요." 서이제 작가는 나에게 이렇게 말했다. 그렇다면 이 세 영화가 싫었던 지점에서 드러난 나의 취향이란 무엇일까. 여성의 몸을 대상화하지 않고, 등장인물의 행동에 설득력이 있으며, 하려는 말을 은근하게 돌려 하는 그런 영화? 기본적인 것 같으면서도 은근하게 어렵네. 아무래도 어떤 영화가 좋거나 싫은 이유를 나열함으로써 '나의 영화 취향은 이것이다!'라고 말하려면 더욱 다양한 예시를 수집해야 할 것 같다. 앞으로 더 많은 영화를 보며 실패하고 성공하고 화를 내고 감동하고 울고 웃어야겠군.

마침내 헤어질 결심

영화의 언어를 통해

처음 한글을 배울 때, 재미를 붙였던 것은 사전을 읽는
일이었다. 사전에서 단어의 뜻을 찾으면서 또 의미를 정
확히 알고 싶은 말들이 생겼다. 예를 들어, 사전이 '신뢰'
의 뜻을 '굳게 믿고 의지함'이라고 정의하면, '의지'라는
말의 뜻을 정확히 알고 싶어졌다. 사전이 '의지'의 뜻을
'어떠한 목적을 실현하기 위하여 자발적으로 의식적인
행동을 하게 하는 내적 욕구'로 정의하면, 또다시 그 문장
안에 있는 단어들이 내 눈길을 끌었다. 목적, 실현, 자발
적, 의식적, 행동, 내적, 욕구 등. 어째서 사전을 읽으면 읽
을수록 단어의 뜻이 명확하게 이해되는 것이 아니라, 더
많은 의문이 남는 것인지…….

사전을 읽지 않을 때도 나는 사전을 찾는 방식으로 머

리를 굴리곤 했다. 혼자서 길을 걸을 때마다, 마치 놀이처럼 말이다. 일단 내게 단어 하나를 던지면 되었다. 물고기는 뭐지? 물에서도 숨을 쉬며 살 수 있는 동물이야. 그렇다면 물은 뭐지? 물은 위에서 아래로 흐르는 거야. 흐르는 건 뭐지? 부드럽게 움직이는 거야. 부드러운 건 뭐지? 사랑. 그렇다면 사랑은 뭐지? 사랑은 마음이 물고기처럼 유연하게 움직이는 거야. 그렇게 처음 던졌던 단어가 다시 그 자리로 돌아올 때까지. 여러 말과 의미를 경유하며, 말의 의미를 다시 새기면서. 말에 대한 집요한 의문은 계속되었고, 청소년기에 이르러서는 말이 불완전하게 느껴졌다. 아무리 말을 해도 내 생각이 온전히 전달되지 않는 느낌이었다. 말을 하면 할수록 의구심만 늘어갔다. 끝내 나는 내가 하고 싶은 말은 말이 아닐지도 모른다는 생각을 하게 되었다.

영화는 내게 또 다른 언어를 가르쳐주었다. 이미지를 통해 말하는 법을, 시선을 통해 말하는 법을, 침묵을 통해 말하는 법을 말이다. 미장센과 몽타주가 있었고, 셔레이드(표정이나 몸짓을 통해 감정을 표현하는 것)가 있었다. 나는 영화 이미지의 구도와 색감이 무엇을 표현하고 있는지 알 수 있었다. 컷과 컷의 연결이 무엇을 호소하는지 알 수 있었다. 점점 느려지는 발걸음이, 떨리는 손이, 그 미소가 무슨 말을 하고 있는지 알 수 있었다. 그 언어는 명명백백한 것이었다, 적어도 내게는. 그 언어를 배우고 싶었나. ㅗ 언어를 더 유창하게 사용하고 싶었다. 그렇게 말하고 싶었다. 대단한 말을 하고 싶었던 건 아니다. 별것 아닌 말이라도 나는 다만 분명하게, 온전하게, 말하고 싶었다.

스무 살에 나만의 엄격한 규율을 만들었다. 시나리오를 쓸 때 대사를 쓰지 않는 것이었다. 이미지로 상황과 생각을 표현하는 일에 익숙해질 때까지, 그것을 꼭 지키고자 했다. 마치 번역을 하듯, 대사를 이미지로 치환하는 연습을 했다. 몸짓과 표정, 미장센과 몽타주, 사운드만으로 표현하기. 이제 와 돌이켜보면, 왜 그렇게까지 했는지 이해할 수 없지만 말이다.

그 시절 내게 가장 큰 영감을 주었던 책은 롤랑 바르트의 『사랑의 단상』이었는데, 나는 이 책이 영화의 언어와 무척 닮아 있다고 생각했다. 사랑의 의미를 한마디로 정의하지 않으면서 사랑을 말하는 책이었기 때문이다. 이 책은 그저 사랑의 단상을 제시할 뿐이었다. 사랑하는 사람들의 표정과 행동을 제시하기. 사랑을 명명하지 않고 그저 응시하도록 만드는 것, 그게 영화의 언어라고 생각했으니까. 영화의 세계에서는 사랑한다고 말하지 않고 그저 사랑을 응시하도록 한다. 그것만으로도 충분하기 때문에, 아니, 그것으로 충족되기 때문에. 그러므로 〈헤어질 결심〉은 애절한 사랑 이야기인 동시에 영화의 언어가 작동하는 방식을 이야기하는 영화이기도 하다.

연애에 줄줄이 실패한 내 친구는 언젠가 내게 이렇게 말한 적이 있다. "나한테 사랑은 공포 그 자체야. 아니, 이제는 사랑이 귀신보다 더 무서워." 나는 일리 있는 말이라고 생각했다. 사랑에 빠진 사람은 사랑하는 대상 앞에서 작아지니까, 상처받을까 두려워지니까. 더불어 사랑에 빠져 이런저런 망상에 시달리는 자기 자신을 두려워하니까.

한편, 〈헤어질 결심〉은 사랑 이야기를 장르적으로 풀어낸 영화라고 할 수 있을 것이다. 살인사건이 벌어지는 것으로 영화가 시작되니, 이 사랑은 누아르가 되는 셈이다. 누아르의 서사적 공식은 사건이 벌어지고 범인이 잡히면서 끝난다. 여기에 뭔가 색다른 느낌을 주고 싶다면, 마지막에 범인이 안 잡히면 된다. 열린 결말로 끝나면 된다.

형사는 범인에게 "당신이 범인입니까?" 하고 묻지 않는다. 혹 질문을 하더라도 질문에 대한 답변은 그 자체로 진실이 되지 못한다. 사건의 진실은 범인의 대답에 있는 것이 아니라, 형사가 보고 듣고 판단한 것에 있다. 형사는 진실을 밝히기 위해 그저 관찰하고 수집하고 해석한다. 그런데 그런 형사가 사랑에 빠진다면? 형사는 사랑하는 이에게 "당신도 나를 사랑하나요?" 하고 묻지 않는다. 마찬가지로, 사랑하는 이를 관찰하고 정보를 수집하며 그의 마음을 해석하기 위해 애쓴다. 그렇게 사랑에 빠진 사람들은 너도나도 형사가 된다. 상대의 마음을 명확하게 밝힐 단서를 찾으려고 하는 것이다.

영화에서 형사 해준(박해일 분)은 서래(탕웨이 분)를 처음 만났을 때, "패턴을 좀 알고 싶은데요"라고 말하는데, 이는 휴대폰 잠금 해제 패턴을 알고 싶다는 말이지만 이상하게도 묘한 뉘앙스를 풍긴다. 형사 해준이 알고 싶은 건 휴대폰 잠금 해제 패턴이기도 하지만, 서래의 비밀스러운 마음이기도 하다. 그렇게 영화는 해준이 사건의 진실을 밝히고자 하는 것인지, 서래의 마음을 밝히고자 하는 것인지 알 수 없도록 흘러간다. 그러니 이 영화는 사건의 범인을 추적하듯, 사랑하는 이의 마음을 추적하는 과정을 그리고 있다고 할 수 있을 것이다.

해준은 유능한 형사이고, 사건을 풀기 위해 범죄자의 입장이 되어보려고 한다. 더불어 사랑하는 이의 입장이 되어보려고도 했을 것이다. 상대가 나를 사랑하는지 아닌지, 사랑한다면 얼마나 사랑하는지. 상대의 마음을, 사건의 진실을 밝히기 위해서 말이다. 영화 속에서 해준은 언제나 다가간다. 유리창과 벽을 넘어서거나 시공을 초월해 다가간다. 이때 그에게 필요한 것은 도구와 수단이다. 사랑하는 이가 하는 말을 알아듣기 위해서 번역기가 필요하고, 그를 더 잘 보기 위해서 망원경이 필요하다. 영화는 해준의 마음을 따라, 진실 쪽으로, 사랑하는 대상 쪽으로 한없이 가까워지려고 노력한다. 그렇기 때문에 이 영화에서 가장 중요한 것은 화각의 변화, 바로 줌zoom이다.

훗날, 해준은 서래에게 말한다. "내가 언제 사랑한다고 했어요?" 그러나 관객들은 이미 모두 다 알고 있다. 해준이 두 시간 내내 사랑을 고백하고 있었음을 말이다. 그의 시선은 계속해서 사랑하는 이를 향하고 있었다. 점점 더 가까이, 줌으로 당겨서. 그것이야말로 결정적인 사랑의 단서가 될 테니까.

서래는 해준에게 "난 해준 씨의 미결 사건이 되고 싶어서 이포에 갔나 봐요. (…) 내 생각만 해요"라고 말한다. 서래는 자신을 영원한 미결 사건으로 만들기 위해 마지막 선택을 한다. 이때 카메라는 서래로부터 빠른 속도로 멀어진다. 상대의 마음을, 사건의 진실을 밝히기 위해서 계속 다가갔던 해준의 모든 노력들을 무너뜨리고, 모든 일을 처음으로 되돌리고자 "붕괴 이전으로 돌아가"도록 만들기 위해 말이다.

해준에게 주어진 것은 형사로서의 선택과 연인으로서의 선택, 둘 중 하나뿐이다. 그는 이 세계에서 모두를 이룰 수 없고, 그것이 그가 지닌 딜레마인 것이다. 마지막 서래의 선택은 해준을 품위 있는 형사로 남게 해준다. 서래가 좋아했던 바로 그 점을 지킬 수 있도록.

그러나 이런 방식으로 영화를 보는 게 뭐 그리 중요한가 싶다. 그보다도 내 흥미를 끌었던 것은 개봉 당시 이 영화가 끊임없이 밈을 생성하고 있었다는 점이다. 나 또한 그 놀이에 참여하고 싶었다. 이 영화에 열광하거나 열광하는 사람들을 멀리하는 데 열광하거나. 밈을 만드는데 동참하거나 동참하는 사람들을 보며 고개를 절레절

레하거나. 그게 진심이든 분위기에 취한 것이든, 재미있다면 뭐든 좋다고 생각했다. 그것 또한 영화의 재미를 계속해서 이어나갈 수 있는 방법이라고 생각했다. 한동안 정말 다들 미쳐 있는 것 같았는데, 이후에 흥행 스코어가 그리 좋지 않다는 말을 듣고 다소 놀랐다.

친구들은 이를 두고 이렇게 말하기도 했다. 글 쓰는 사람들만 열광하는 것 같아. 정말 그랬을까? 정확한 사실은 잘 모르겠지만, 정말로 그랬다면, 글을 다루는 사람들이 이 영화에 열광할 수밖에 없었던 이유는 무엇이었을까. 내가 생각하기에 그건 일종의 언어 놀이 때문이었던 것 같다. 현실에서 사용하는 언어가 영화의 세계를 통해 변형되거나 확장되는 것. 〈헤어질 결심〉 이후, 붕괴되었다는 말은 전혀 다른 의미를 가지게 되었다. 그리고 우리는 그 전보다 더 많은 것을 바다에 버릴 수 있게 되었다.

"저 폰은 바다에 버려요. 깊은 데 빠트려서 아무도 못 찾게 해요."

사랑의 시차

이지수

언젠가 서이제 작가는 나에게 장차 사노 요코와 키키 키린 중 어떤 할머니를 더 닮고 싶냐고 물었다. 사노 요코의 호쾌한 독설과 유머 감각을 사랑해 마지않고 그의 책을 여러 권 번역하기도 했지만, 나는 그 질문에 대한 답으로 키키 키린을 선택할 수밖에 없었다.

나에게 사노 요코는 (글쓰기를 통해) 사후적으로 깨닫는 사람, 키키 키린은 모든 것을 처음부터 꿰뚫어 보는 사람으로 느껴진다. 만사를 뒤늦게 깨닫는 편인 내가 처음부터 다 아는 사람을 동경하는 것은 당연한 일이다. 하지만 그런 통찰력은 노력으로 얻을 수 없으니, 아마 이번 생에서는 할머니가 되어도 결코 무언가를 먼저 꿰뚫어 보지는 못할 것이다. 그리고 그건 〈헤어질 결심〉에

215

대해서도 마찬가지였다.

나는 영화를 완전히 오독하고 있었다. '산'에서는 기도수를 누가 죽였는지 생각하느라 머릿속이 복잡했고, '바다'에서는 서래가 임호신(박용우 분)을 죽인 게 아닐까 의심하느라 바빴다. 그리고 막바지의 바닷가 장면에서 자신이 파놓은 구덩이에 들어가 스스로를 수장시키는 서래를 보며 나는 방금 대체 무슨 일이 일어난 건가 벙찌고 말았다. 결국 사랑이었다고? 그것도 저렇게 순정한?

머릿속으로 영화를 되감아봤다. "내가 언제 (당신을) 사랑한다고 했어요?" 놀란 표정으로 서래에게 묻는 해준처럼 그들의 감정이 어디서부터 시작된 것인지 나도 알고 싶었다. 서래가 기도수의 사망 현장을 '말씀'으로 하지 말고 '사진'으로 보여달라고 했을 때? 해준이 서래에게 4만 5천 원쯤 하는 비싼 초밥을 사줬을 때? 아니면 서래가 취조실에 등장한 순간부터?(그때 서래의 몸이 해준 취향으로 꼿꼿해서?)

부질없는 리와인드다. 〈헤어질 결심〉은 그런 식으로 사랑이 켜켜이 쌓여가는 과정을 보여주는 영화가 아니다. 일단 사랑은 우발적으로 시작되었다. 그 대전제를 바탕으로 사랑이 서래와 해준을 어떻게 다른 방향으로 이끄는지, 그 차이가 어떤 곡선을 그리며 무슨 모양을 만들어내는지를 관찰하는 것이 〈헤어질 결심〉의 관전 포인트라는 점을 나는 한참 후에야 이해했다. '똑바로 보려고 노력'했지만 결국은 가장 중요한 것을 놓쳐버린 관람이었다.

"나도 언제나 똑바로 보려고 노력해요." 비 오는 날 부산의 절에서 해준은 서래에게 말한다. 그러나 안약까지 수시로 넣어가며 똑바로 보려고 노력하는 해준은 정작 중요한 것을 놓치거나 뒤늦게 깨닫는다. 반면 서래는 일찌감치 해준에 대한 자신의 마음을 확정한 것으로 보인다. 고양이에게 '그 친절한 형사(해준)'의 심장(마음)을 가져다 달라고 소리 내어 말하고, 이지구를 잡으러 '오빠 PC방'으로 달려가는 해준의 뒤를 밟고, 자신의 집 앞에서 잠복 수사를 하다가 잠든 해준의 사진을 찍는다. "저 폰은 바다에 버려요. 깊은 데 빠트려서 아무도 못 찾게 해요." 이 말이 '자부심 있는 형사' 해준에게는 가장 절절한 사랑 고백이었음을 해준 본인보다 빨리 깨달은 것도 서래다(심지어 서래는 홍산오의 행방에 대한 단서도 그 사건을 오랫동안 뒤쫓아온 해준보다 먼저 알아챈다). 해준의 집 벽에 붙어 있던 증거 사진들을 태우고 녹음 파일을 지워버린 것에 대해 해준이 "그것도 참 쉬웠겠네요? 좋아하는 느낌만 좀 내면 내가 알아서 다 도와주니까?" 하고 다그치자 서래가 그를 뒤에서 끌어안으며 한 말("우리 일을 그렇게 말하지 말아요")은, 그러므로 서래 본인에게는 진심이었을 것이다. 서래의 세계에서는 자신이 저지른 범죄의 증거를 인멸하는 행동과 해준을 사랑하는 행동이 서로 충돌하지 않는다. 자신의 죄를 꼭꼭 감추면 감출수록 서래는 해준에게 가까이 다가갈 수 있다.

반면 해준의 세계에서는 형사의 품위를 지키는 행동과 서래를 사랑하는 행동이 충돌을 일으킨다. 형사의 품위를 지키려면 살인 용의자인 서래를 사랑해서는 안 되기 때문이다. 또한 해준은 유부남이기도 하다. 그러니 이포의 아내 집에서 '내 집에 와요'라는 서래의 문자를 받고 달뜬 마음으로 한달음에 달려가놓고 정작 서래에게는 "왜 경찰을 집으로 오라 마라 합니까?" 하며 화를 낸 것은, 겉과 속이 다른 행동이 아니라 그런 모순된 상황에 대한 분노의 표출이기도 했을 터다.

그래서 두 사람은 사랑이라는 단어를 사용하지 않고

서 사랑에 빠진 연인들만 할 수 있는 행동을 한다. 아이스크림으로 식사를 때우는 상대를 위해 요리를 해주고, 불면증에 걸린 상대의 집으로 가서 잠을 재워주고, 예쁘다고 말하고, 말투를 흉내 내고("굿모닝" "내가 할 줄 아는 '다양한' 중국 음식이에요"), 취향과 습관을 따라 하고(서래가 좋아하는 노래 〈안개〉를 아내의 집에서 설거지하면서 이어폰으로 듣는 해준, 이포에서 해준처럼 스마트워치에 자신의 감정과 상황을 녹음하는 서래), 손을 잡고, 눈을 맞춘다. 사랑이라는 단어가 빠짐으로 인해 모호하게 풍성해지는 관계. 거기서 서래는 늘 해준보다 몇 걸음 앞서 나아가 나중에 오는 해준을 기다린다. 서래의 중국어를 해준이 통역 앱을 통해 한 박자 늦게 알아듣는 장면은 마치 이들의 이러한 관계를 은유하는 것 같다. 그런 둘의 궤적을 오선지에 옮기면 먼저 출발한 선율에 나중에 출발한 선율이 쌓여 화음을 이루는 돌림노래가 될지도 모른다.

"이러려고 이포에 왔어요?" 해준이 할 말을 정확하게 예측하는 서래는, 또한 그를 붕괴 이전으로 되돌리려면 어떻게 해야 하는지도 정확히 안다. 해준이 붕괴된 원인이자 증거인 자신을 세상에서 없애버리는 것이다. 제가판 구덩이 속에 들어앉아 쏟아지는 파도를 받아내는 서래의 손바닥 위로 허겁지겁 달려오는 해준의 모습이 겹친다. 이번에도 해준은 뛰어봤자 서래의 손바닥 안이라는 것일까? 연인을 위해 자신을 붕괴시킨 사람과 붕괴된 연인을 위해 스스로를 없애버리는 사람. 두 연인의 선율은 마지막까지 같은 음에서 만나지 않고, 마침내 서래는 해준의 영원한 미결 사건이 된다. 해준의 벽에서 영원히 치워지지 않을 사진이 된다.

일본에서 공부할 때 함께 학교를 다녔던 친구가 있다. 아주 친했던 것은 아니지만 오다가다 마주치면 발걸음을 멈춰 인사를 하고, 간혹 술자리에서 옆에 앉으면 온 신경을 집중해 내 말을 들어주던 다정한 사람이었다. 유학 기간이 끝나 그가 먼저 자신의 나라로 돌아가게 되었을 때, 밥을 사줄 테니 나오라는 연락을 받았다. 그때 마침 내 기숙사 방에는 후배가 놀러 와 있었고, 그래서 만나기 어렵다고 답신했더니 그는 함께 와도 된다고 했다. 우리는 학교 근처의 식당에서 식사를 했고, 가볍게 포옹한 후 손을 팔랑팔랑 흔들며 헤어졌다. 출국하기 전에 모든 친구를 한 번씩 다 만나려나 보네. 그때는 단순히 그런 줄로만 알았다.

각자의 나라로 돌아간 뒤 우리는 서로에게 한 번도 연락하지 않았다(고 생각했다). 그런데 몇 년이 지난 어느 날 그 친구로부터 메일이 왔다. 일 때문에 한국에 가는데 만날 수 있냐는 내용이었다.

우리는 홍대 앞 '캐슬프리하'에 마주 앉아 맥주를 마셨다. 한국에서 먹은 맥주는 죄다 밍밍했는데 여기 맥주는 맛있다고 그가 평해서 나는 조금 웃었다. 캐슬프라하의 맥주는 체코 맥주였기 때문이다. 그가 물었다. "지난 몇 년 동안 너한테 메일을 여러 통 보냈는데 어째서 한 번도 답장을 안 했어?" 나는 당황하며 대답했다. "난 한 통도 못 받았는데." "나뿐만 아니라 다른 친구도 너한테 메일을 썼대. 그런데 네가 절대로 답을 하지 않는다며, 너를 찾는 건 포기하라고 하더라. 그래서 이번에 네가 답장을 줬을 때 솔직히 좀 놀랐어."

메일 주소를 바꾼 것도 아니고, 휴면계정으로 전환되었던 것도 아닌데 대체 그 메일들은 다 어디로 갔을까? 나중에 스팸메일함과 휴지통까지 뒤져봤지만 아무것도 없었다. 그 메일들은 내가 절대 찾을 수 없는 암흑의 공간으로 사라져버렸고, 아무리 애를 써봤자 이제는 꺼내어 볼 수 없다. 존재하는 줄도 몰랐던 중요한 무언가를 잃어버린 듯한 기분이 들었다. 그리고 그가 하는 말은 그때도 캐슬프라하의 소란한 주변음에 뒤섞여 나에게 완전히 수신되지 않은 채 실시간으로 사라져가고 있었다.

토막 난 영어와 일본어. 언어와 언어의 틈새로 자꾸만 소실되는 의미. 윤곽선이 희미해진 상태로 나에게 오는 모호한 말들. 유학 시절 그의 주변 사람들은 다 알고 있었다는데 나만 몰랐던 여러 신호들. 몇 년이 지나서야 나는 그것들이 총체적으로 뜻하는 바를 깨달았고, 마침내 모든 것을 파악했을 때는 내가 할 수 있는 일이 없었다. 이미 그의 마음이 끝난 지 오래였기 때문이다.

해준은 자기가 딛고 선 모래 바로 아래에 서래가 있다는 사실을 알지 못한 채, 서래의 휴대폰에 남겨진 자신의 음성파일을 다시 듣고 비로소 그것이 사랑 고백이었음을 깨닫는다. 해준처럼 서래를 내내 오독하고 있었던 나는, 파도가 성난 용처럼 휘몰아쳐 모래밭의 모든 구멍을 메우는 광경을 그저 멍하니 바라보는 수밖에 없었다. 엔딩크레디트가 올라가며 정훈희와 송창식의 〈안개〉가 흘러나오기 시작했고, 이번에도 나는 모든

것을 뒤늦게 깨달은 사람이 되어 객석에 덩그러니 남겨
졌다.

당 신 을 위 한 영 화

그래도 아름다워

　그림을 그리는 게 좋았다. 화가가 되고 싶었던 건 아니지만, 그래도 누군가 내게 장래 희망을 물으면 화가라고 답하던 때가 있었다. 잠깐 미대 입시를 준비했던 적도 있는데, 그 과정에서 나는 알게 되었다. 내가 눈앞의 대상에 별다른 흥미를 느끼지 못한다는 것. 다시 말해, 대상을 스케치북 위에 재현하는 일에 별다른 흥미를 느끼지 못했던 것이다. 나는 지금, 내 눈앞에 없는 것을 그리고 싶었다. 이미 나를 스쳐 지나갔거나 스쳐 지나가게 될 것들을 그리고 싶었다. 그림을 통해 시간과 움직임을 사유하고 싶었다. 그래서 결과적으로 영화를 전공하게 된 것이 아닐까.

　어쨌든 그렇게 나는 그림과 서서히 멀어졌지만, 그래

도 언젠가 그림을 다시 그리고 싶었다. 내 마음대로, 흐르는 시간과 움직임을 그리기. 취미로 그림을 그려도 좋을 것 같다고 생각했다. 취미로 그리는 것이라면 뭐 언제든 그리면 되지만, 마음먹은 대로 하면 되지만, 그렇게 생각하면서도 왜 지금껏 그리지 않았을까. 바쁘다는 핑계로 계속 미루기만 하다가, 우연한 계기로 다시 그림을 그리게 되었다.

친구가 드로잉 수업을 들으려고 했다가 못 듣게 된 것이었다. 수업을 위해 스케치북과 펜까지 새것으로 구매했는데, 정작 인원수 부족으로 수업이 폐강되었다고 했다. 친구가 왜 드로잉을 하려고 했는지는 모르지만, 나는 그에게 그림 모임을 제안했다. 사실 그냥 한번 해본 말, 무심코 던진 말이었는데, 친구가 혹하는 표정으로 내 제안을 받아들였다.

우리는 2주에 한 번씩 모여 그림을 그리기로 했다. 그런데 막상 그리려고 하니 도대체 무엇을 그려야 하는지, 무엇을 그리면 좋을지 막막했다. 우리는 그릴 대상을 찾아, 산책도 해보고 미술관에도 가보는 등 머리를 맞대었다. 나는 주로 식물이나 돌처럼 고요히 놓여 있는 것을 그렸고, 친구는 동물처럼 움직이는 것들을 그렸다. 이따금 형체를 알아볼 수 없는 것도 그렸다. 이게 도대체 뭐냐고 내가 물으면, 자기도 뭘 그리는지 모르겠다고 했다. 친구는 아마 움직임을 그리고 싶었던 것 같다. 우리는 우리가 보았던 것들, 기억이나 잔상을 스케치북 위에 옮겨놓기 위해 노력했다. 그리고 그림을 다 그리고 나면 항상 사진을 찍어두었다. 마치 우리의 활동을 기록하듯. 휴대폰 카메라 앨범에는 점점 그림 사진이 늘어갔다. 우리가 그림을 통해 재현한 것을 다시 카메라로 재현하고 있다니. 재현의 재현이라니, 복제의 복제라니. 이렇게 점점 많아지다니. 친구는 우리에게 많은 기억과 이미지가 있다고, 이제 우리는 그것을 가지게 되었다고 말했다. 나는 그 말이 좋았다. 그렇게 우리는 계속 그리고 찍고 그리고 찍고를 반복했다. 1년을 지속했다. 점점 몸과 마음이 가벼워지는 것을 느꼈다. 뜻밖에 많은 추억이 생겼고, 뿌듯했다.

  이듬해에는 그림을 그리는 데 그치지 않고, 그때까지 우리가 그렸던 그림을 사진으로 인화하여 콜라주 작업을 해보기로 했다. 열심히 그린 그림을 우리 손으로 찢을 수는 없으니 그러기로 했다. 사진이라면 얼마든지 복제할 수 있으니까, 찢다가 망해도 괜찮으니까.

복제 기술이 발전하기 전에는 원본 개념이 중요했다. 원작과 모작, 원본과 복제본을 구분하기 위해 화가들은 자신의 작품에 서명을 남겼다. 원본에는 원본만이 지니는 오라aura가 있다고 믿었다. 그러나 기술 복제 시대가 도래한 후, 예술 작품에서 원본과 원본이 아닌 것을 구분하는 일은 더 이상 중요하지 않게 되었다. 그러니 복제 기술에 의해 탄생된 영화는 사실상 애초부터 오라가 없는 예술이었던 셈이다. 영화는 원본과 복제본의 가치에 차이를 두지 않았고, 대량으로 복제되어 어디로든 유통될 수 있었다. 소수의 특정 계층이 오라나 작품의 가치를 독점하는 일은 벌어질 수 없었다. 그리고 그건 내가 영화를 좋아할 수밖에 없는 수많은 이유 중 하나였다. 이전의 모든 예술이 상층에서 하층으로 이동했다면, 영화는 그 움직임을 달리한다는 점. 구태여 기술 복제나 오라와 같은 말을 경유하지 않더라도, 어린 시절의 나는 영화가 작동하는 방식을 직관적으로 이해하고 있었다. 나는 영화야말로 대중의 예술이자 근대의 산물이라고 믿었다.

오랜 휴학으로 대학을 7년이나 다니게 되어, 운 좋게도 대학에서 필름과 디지털 작업을 모두 경험해볼 수 있었다. 나는 소설 데뷔작「셀룰로이드 필름을 위한 선」에 아날로그에서 디지털로 이행되는 시대의 감각을 담기 위해 노력했다. 이후로는 한쪽으로만 이행되지 않는 흐름에 대해, 어떤 충돌과 어긋남에 대해, 아날로그와 디지털이 뒤섞임에 대해 고민하며 소설 작업을 이어갔다. 『0%를 향하여』에 수록된 소설 대부분은 그렇게 집필되었다.

고백하자면, 사실 그때까지만 해도 나는 디지털매체에 대해 다소 비판적인 입장을 가지고 있었다. 복제 기술에 대해서는 긍정적인 입장을 취하면서도, 디지털 복제 기술에 대해서는 꺼림칙함을 느끼고 있었다. 무분별한 복제랄까, 과잉 복제랄까.

복제를 가속화한 것, 그러니까 복제를 하나의 일상으로 자리 잡도록 도운 것은 디지털 기술일 것이다. 이제 누구나 언제 어디서든 이미지를 마음껏 복제할 수 있게 되었다. 마치 내가 그림을 그린 후, 그것을 사진으로 남겨놓는 것처럼. 내가 그 사진을 인스타그램에 올렸을 때, 누구라도 그 사진을 캡처할 수 있는 것처럼. 이미지는 복제되고 또 복제된다. 점점 더 빠른 속도로 끊임없이 복제되는 이미지. 속도의 문제와 더불어, 디지털이미지는 얼마든지 손쉽게 왜곡되고 변형될 수 있었다. 그런 특성이

악의적으로 사용될 가능성에 대해 우려했던 것이다. 그렇다면 이제 눈앞에 도래하는 장면들을 어떻게 믿을 수 있을 것인가? 무엇이 진실이고 무엇이 거짓인가?

디지털이미지를 바라보는 건 허상을 바라보는 것과도 같았다. 0과 1의 신호, 그저 번쩍거리는 텅 빈 세계를 바라보는 일이었으니까. 텅 비어, 아무것도 손에 쥘 수 없도록 만들어버렸으니까. 디지털 세계에서 나는 내가 찍은 사진도 손에 쥘 수 없었다. 내가 번 돈도 손으로 만져볼 수 없었다. 심지어 내가 만든 영화조차 품에 안아볼 수 없었다.

언젠가 친구는 내게 말했다. 너는 소설을 쓰니 좋지 않냐고, 너의 애정과 노력을 책을 통해 느껴볼 수 있으니 좋지 않냐고, 책을 품에 안을 수 있다는 게 부럽다고. 친구는 그렇게 말하며 허공에 손을 뻗었다. "영화는 뭐, 만질 수도 없어. 내 시간도 돈도 마음도 다 썼는데, 나는 도대체 뭘 한 건지……." 친구는 자신이 아무것도 가지지 못했다고 생각하고 있었다. 물론 어떤 개념은 가질 수 있지만, 그것을 신체적인 감각으로 느껴볼 수 없으니 말이다. 나는 허공을 훑는 친구의 손을 바라보았다. 그래도 예전에는 필름 캔이라도 안아볼 수 있었는데. 내게는 그것을 품에 안았던 기억이 있다. 차갑고 묵직했던 필름 캔. 시큼한 냄새도 났다. 지금쯤 집 구석 어딘가에 처박혀 있겠지만, 그래도 그 느낌이 여전히 내게 남아 있었다. 디지털 시대에 영화를 만든다는 건 '사라짐의 예술'을 행히는 일일시노 놀랐다. 그게 참 서글펐다. 〈아사코〉를 보기 전까지만 해도 말이다.

영화를 먼저 본 친구들은 하나같이 말했다. 〈아사코〉 엄청난 영화더라. 나는 엄청난 사랑 이야기냐고 물었다. 포스터에 "떠났던 첫사랑이 돌아왔다. 같은 얼굴, 다른 사람으로"라고 적혀 있었기 때문이다. 친구들은 편하게 볼 수 있는 멜로영화로 위장했지만 정작 그런 영화는 아닌, 아무튼 대단한 작품이라고 했다. 친구들의 해석은 각기 달랐으나 다들 걸작이라는 데 동의했다. 모두 이 영화를 좋아했다, 적어도 내 주변에서는.

줄거리만 놓고 보았을 때, 〈아사코〉는 막장 드라마임이 틀림없다. 아사코(가라타 에리카 분)의 첫사랑 바쿠(히가시데 마사히로 분)는 어느 날 말도 없이 사라진다. 이후 아사코는 첫사랑을 닮은 료헤이(히가시데 마사히로 분)를 만나 잘 살게 되는데, 하필이면 그때 갑자기 바쿠가 돌아온다.

그것도 유명 배우가 되어서. 하여튼 아사코의 첫사랑 바쿠는 자기 마음대로 사라졌다가 자기 멋대로 돌아오는, 가만두고 보기 매우 불편한 녀석인데, 아사코는 또 그런 녀석이 뭐가 좋은지 바쿠를 다시 만난다. 료헤이는 자신의 애인이 전 연인에게로 떠나버린, 어이없는 상황에 놓이게 된다. 하지만 결국 아사코는 료헤이에게 다시 돌아가고 료헤이는 그런 아사코를 다시 받아준다. 그러니까 다시 말해, 이 영화는 자기 멋대로 떠났다가 돌아오는 둘(바쿠와 아사코)과 자기 멋대로 떠났다가 돌아오는 사람이 뭐가 좋다고 다시 받아주는 둘(아사코와 료헤이)의 이야기다. (나는 줄거리만 들었을 때는 이상하지만, 직접 보았을 때 감탄하게 되는 영화가 좋다. 줄거리로는 충분히 설명되지 않는 지점이 영화에 있다는 뜻일 테니까. 더불어, 이는 줄거리가 영화의 전부가 아니라는 사실을 증명해준다.)

이 영화는 줄거리만 이상한 게 아니라, 아사코와 바쿠가 처음 만나는 도입부도 이상하다. 어느 날 사진전을 보러 갔던 아사코가 그곳에서 바쿠를 만나고, 둘은 서로 통성명을 한 후 바로 키스를 한다……. 도무지 믿을 수가 없는 장면이다. 그리고 "에? 말도 안 돼"라는 친구의 목소리와 함께 술집으로 장면이 옮겨 간다. 술집에서 아사코와 바쿠는 친구에게 자신들의 첫 만남에 대해 이야기하고 있는 중이다. 그렇다면 우리가 앞서 보았던 것은 무엇이란 말인가? 그 장면은 친구의 상상인가? 아니면 과거인가? 어쩌면 둘 다일 수도 있다. 실제 벌어졌던 일을 기억을 통해 재현한 것이기 때문이나. 나는 이 연결이야말로 이 영화를 간단명료하게 설명해준다고 생각했다.

마치 사진이 복제되듯, 이 영화 속에서는 모든 게 두 번 이상 반복된다. 같은 것이 다른 형상으로 되돌아오거나 다른 것이 같은 형상으로 되돌아온다. 특히 물의 이미지는 비, 커피, 술, 바다의 이미지로 형상을 바꿔가며 순환한다. 고초 시게오의 사진전도 마찬가지다. 아사코는 똑같은 사진전을 두 번 간다. 고향에서 바쿠와 한 번, 도쿄에서 료헤이와 한 번. 같은 이미지가 전혀 다른 장소와 상황을 통해 반복된다. 그들의 만남도 반복되는데, 이는 이 영화의 중심 사건이 된다. 바쿠는 아사코를 떠나지만 다시 돌아오고, 아사코도 료헤이를 떠나지만 다시 돌아온다.

어느 시점에 눈앞에서 사라진 이미지, 사랑하는 사람의 형상은 언젠가 다시 돌아오지만, 그것은 예전과 전혀 다른 것이다. 아사코를 떠나기 전의 바쿠와 돌아온 바쿠가 전혀 다른 바쿠인 것처럼. 마찬가지로 료헤이를 떠나기 전의 아사코와 돌아온 아사코가 전혀 다른 아사코인 것처럼. 영화 포스터에 적혀 있듯 "같은 얼굴, 다른 사람으로".

이 영화에서 내가 경탄했던 부분은 아사코가 료헤이를 붙잡기 위해 그의 뒤를 쫓아가는 장면이었다. 아사코는 되돌아가기 위해, 료헤이의 뒤를 쫓아간다. 달린다. 이때 영화는 둘의 모습을 각각의 단독 샷으로 번갈아가며 보여준다. 달리는 료헤이의 모습 한 번, 달리는 아사코의 모습 한 번. 그리고 반복된다. 앞으로 달리는 인간의 몸이 만들어내는 움직임 속에서, 각기 다른 두 샷의 교차가 만들어내는 운동성 속에서, 누가 앞서가고 있는지를 잊게 된다. 이 장면은 얼핏 아사코가 료헤이를 쫓는 것 같기도 하고, 료헤이가 아사코를 쫓는 것 같기도 하다. 료헤이와 바쿠가 똑같이 생겼기 때문에 이 장면은 또 아사코가 바쿠를 쫓는 것 같기도 하고, 바쿠가 아사코를 쫓는 것 같기도 하다. 이때 나는 가짜가 진짜를 앞지른다고, 그러다가 무엇이 진짜이고 가짜인지 알 수 없게 되어버린다고 생각했다. 마치 영화처럼, 더 이상 원본이냐 아니냐가 중요해지지 않은 것처럼.

료헤이는 자신에게 돌아온 아사코에게 말한다. 비가 와서 강물이 붙었다고, 그것이 더럽다고 말한다. 반복되는 이미지, 물처럼 불어나는 이미지에 대한 은유일지도 모른다. 이에 아사코는 답한다.

"그래도 아름다워."

플라톤은 복제의 복제인 예술 작품을 열등한 존재로 보았다. 어쩌면 복제의 복제를 거듭하여 만들어진, 대량으로 복제되는 이미지는 열등한 존재일지도 모른다. 거기에는 원본이 가지는 고유성도, 오라도 없으니 말이다. 하지만 아사코의 마지막 대사는 이 모든 논리를 전복시켜버린다, 너무도 가볍게.

나는 이 영화를 통해 기술 복제 시대의 예술인 영화에 대해, 무엇보다도 복제가 가속화된 디지털 시대의 영화에 대해, 다시 생각하게 되었다. 그래도 아름답다는 한마디에 무너져버리면서. 영화는 복제의 예술임으로 모두 가짜라는 것. 그것도 모자라, 이제는 디지털 기술에 의해 복제된 것을 복제하고 또 복제하는 상태에 이르렀다는 것. 무한히 복제될 뿐만 아니라, 왜곡과 변형의 가능성까지 품게 되었다는 것. 그렇기 때문에 그 속에 담긴 모든 게 허상이라는 것. 그러나 우리는 그 모든 것을 알면서도 영화를 사랑한다. 그래도 아름답다고 생각한다.

그럼에도 불구하고 우리가 이미지를 사랑할 때, 그것을 믿을 때, 이미지는 우리 곁에 한 발 더 가까이 다가와 주었다. 마치 이 영화의 마지막 장면처럼, 아사코와 바쿠가 창을 넘어온 것처럼. 그들은 마치 스크린 밖으로 나온 사람들처럼 거기에 있었다. 영화는 세상을 보는 창이었지만, 우리에게는 그 창을 열 수 있는 힘이 있었다. 창을 열어두면, 언제나 사랑하는 이미지가 우리에게로 왔다.

내가 지금 뭘 본 건가

이지수

"여성의 몸을 대상화하지 않고, 등장인물의 행동에 설득력이 있으며, 하려는 말을 은근하게 돌려 하는 그런 영화? 기본적인 것 같으면서도 은근하게 어렵네."

앞서 「더 많이 보며 실패하고 성공하기」에 쓴 이 문장을 보고 서이제 작가가 〈티탄〉을 추천했다. 이 작품에 대해 아는 바가 없어서 검색을 해봤다. "2021년 칸영화제 황금종려상 수상작" "미친 문제작" "이보다 기괴한 영화는 없다". 음, 대충 어려운 영화라는 뜻이군요.

마침 왓챠에 있기에 틀어봤다. 러닝타임 108분이 정신없이 흘렀다. 그리고 나의 감상은 이 영화에 대한 강동원 배우의 한 줄 평과 정확히 일치한다. "내가 지금 뭘 본 건가?" '혼돈의 카오스'에 빠진 나 자신의 이해를 돕기 위해 줄거리를 한번 써보겠다(결말 포함 스포 많음).

　주인공 알렉시아(아가트 루셀 분)는 어린 시절 차를 타고 어디론가 가던 중 운전석에 있는 아버지의 관심을 끌기 위해 돌발 행동을 하다가 사고를 당한다. 이로 인해 알렉시아는 뇌에 티타늄 판을 넣는 수술을 하고, 그때부터 자동차에 성욕을 느낀다. 성인이 된 알렉시아는 모터쇼의 스트립 댄서가 되는데, 어느 날 일을 마치고 집으로 돌아가는 길에 한 남자가 팬이라며 알렉시아의 차까지 따라와 강제로 키스한다. 알렉시아는 남자의 키스에 응하는 척하다가 비녀처럼 머리카락을 고정해뒀던 뾰족한 쇠꼬챙이를 남자의 귓구멍에 꽂아 죽여버린다.

　이날 알렉시아는 샤워를 하던 중 무언가가 철문을 쿵쿵 치는 소리를 듣고 알몸으로 나가본다. 문밖에는 헤드라이트가 켜진 자동차가 있다. 알렉시아는 뒷좌석으로 들어가 자동차와 섹스를 한다. 다음 날 아침 아랫배에 통증을 느낀 알렉시아는 의사인 아버지에게 배를 보여주며 자세히 살펴봐달라고 요구하지만, 아버지는 달갑지 않은 표정으로 대충 만져볼 뿐이다. TV에서는 연쇄 살인마를 아직 잡지 못했다는 뉴스가 흘러나온다.

그 뒤 알렉시아는 호감을 표시하며 다가온 댄서 동료 쥐스틴과 함께 있던 중 자신이 임신했다는 사실을 깨닫는다. 알렉시아는 쥐스틴의 집 화장실에서 쇠꼬챙이를 이용해 낙태를 시도하지만 실패하고, 쥐스틴을 살해한 후 그곳에 있던 룸메이트들도 잇달아 죽인다. 집으로 돌아온 알렉시아는 창문 너머로 자신을 쳐다보는 아버지와 눈이 마주친다. 알렉시아는 집에 불을 질러 부모를 죽인 뒤 공항으로 달아난다.

그러나 공항에는 이미 경찰이 깔렸고 전광판에는 지명수배자가 된 알렉시아의 몽타주가 떠 있다. 이에 알렉시아는 머리를 자르고 눈썹을 밀고 스스로 코뼈를 부러트려서 (역시 전광판에 떠 있던) 실종 소년 아드리앵으로 위장한다.

아드리앵의 아버지 뱅상(뱅상 랭동 분)은 경찰의 연락을 받고 아드리앵(으로 위장한 알렉시아)을 데리러 온다. 뱅상은 유전자 검사를 권하는 경찰의 말을 거부하고("내 아들도 몰라볼까 봐요?" 네, 몰라보시네요……) 알렉시아를 차에 태워 집으로 간다. 뱅상은 알렉시아에게 새 옷을 주고, 부러진 코에 지지대를 붙여주고, 엉망으로 잘린 머리를 면도기로 밀어준다(도중에 알렉시아가 거부해서 절반만 밀었다).

소방관 팀의 우두머리인 뱅상은 아들뻘인 팀원들에게 알렉시아를 소개하며 '너희들에게 나는 하나님이니 내 아들은 예수다'라고 선언한다.

알렉시아는 뱅상의 집에서 입을 아예 열지 않고 지낸다. 어느 날 뱅상과 밥을 먹던 알렉시아의 가슴에서 액체가 나와 티셔츠가 젖는다. 알렉시아는 정체를 들켰다고 생각해 뱅상을 죽이려고 쇠꼬챙이를 꺼내들지만, 뱅상이 자신과 화해하기 위해 우스꽝스러운 춤을 추는 모습을 보고 살의를 잠시 접는다. 뱅상은 알렉시아에게 억지로 춤을 권하고, 그 춤은 곧 물리적 싸움으로 변한다. 알렉시아는 다시 뱅상을 죽이려 하나 뱅상에게 완력으로 제압당한다.

알렉시아는 뱅상에게서 달아나기 위해 버스를 탄다. 그러나 뒷좌석에 앉은 불량배들의 저질스러운 대화를 듣고 출발 직전 버스에서 내려 뱅상의 집으로 돌아온다. 욕실에는 스테로이드주사를 맞다가 쓰러진 뱅상이 있다 (뱅상은 이 마초적인 세계에서 강인한 근육을 유지하기 위해 매일 스테로이드주사를 직접 놓는다. 평소에는 한 대를 맞는데 이날은 두 대를 맞아 몸이 마비된 것으로 보인다).

알렉시아는 이번에도 쇠꼬챙이로 뱅상을 죽이려 하지

만 어째서인지 무방비 상태인 그를 찌르지 못한다. 그 대신 면도기를 가져와 뱅상이 밀다 만 자신의 머리를 완전히 밀어버린다. 그리고 뱅상의 뺨을 치며 말한다. "아빠, 일어나요."

이제 알렉시아의 배는 커다랗게 부풀어 오르고, 그 몸에 균열이 생기며 새까만 기름이 뿜어져 나온다. 알렉시아가 그런 자신의 몸을 욕실에서 관찰하고 있을 때 뱅상이 갑자기 들어온다. 그리고 "네가 누구든 상관없어. 넌 내 아들이야"라고 말하며 알렉시아를 안아준다. 그러다 알렉시아의 몸을 덮고 있던 수건이 떨어져서 부풀어 있는 가슴이 드러나지만 뱅상은 말없이 수건을 주워 알렉시아의 몸을 가려준다.

그 뒤 소방관들이 파티를 벌이는 자리에서 알렉시아는 동료들에게 등을 떠밀려 소방차 위로 올라간다. 소방관들은 '아드리앵'을 연호하고, 알렉시아는 끈적한 음악에 맞춰 쇼걸 시절과 같은 몸짓으로 춤을 춘다. 그 모습을 보고 소방관들은 경악한다. 뒤늦게 와서 그 장면을 목격한 뱅상은 등을 돌려 나가버린다.

그날 밤 알렉시아는 소방차와 섹스를 하고, 그 뒤 배 여기저기가 갈라진다. 산통을 겪으며 뱅상의 방까지 겨우 기어간 알렉시아는 뱅상에게 사랑한다고 말하고, 뱅상 또한 알렉시아에게 사랑한다고 한다. 알렉시아는 뱅상의 도움을 받아 출산을 한 후 곧바로 죽는다. 침대 시트에는 양수 대신 기름이 흥건하다. 뱅상은 눈물을 흘리며 아기를 안고, 그 아기의 척추와 머리에서는 티타늄이 반짝인다.

　큰일 났다. 이렇게 자세히 줄거리를 썼는데도 아직 내가 뭘 본 건지 모르겠다. 이런저런 리뷰를 읽어보니 다들 〈티탄〉이 젠더와 인간의 경계를 해체해 허물어트리는 영화라고 한다. 나는 나의 뇌가 해체되어 허물어지는 기분이다…….
　그러나 뇌가 허물어진 채로 있을 수만은 없으니 조촐하게나마 해석을 시도해보겠다. 처음에 알렉시아는 단발머리 소녀로 등장하지만 뇌수술을 받은 뒤에는 민머리의 소년 같은 모습에 분홍색 스팽글이 달린 티셔츠를 입고 있다. 성인이 되어 모터쇼의 스트립 댄서로 일할 때는 '섹시한 여자' 그 자체였고, 아드리앵으로 위장하고 나서는 누가 봐도 남자의 모습이지만 압박붕대 안쪽에서는 가슴과 배가 점점 부풀어 오르고 있다. 알렉시아는 임

신한 몸으로 남자를 연기하고, 뱅상은 다 알면서도 그런 알렉시아를 아들로 대한다. 겉으로 드러나는 성性은 이들에게 중요하지 않은 것이다.

또한 알렉시아가 스트립 댄서로서 춤을 출 때는 카메라가 그를 탐욕적인 남성의 시선으로 담는 것처럼 보인다. 그러나 알렉시아가 아드리앵이 된 이후 카메라는 시종일관 누드로 나오는 알렉시아의 몸을 그저 차가운 시선으로 관찰한다. 여기저기 까만 기름 같은 것이 묻어 있고 길쭉한 상처가 난 그 몸은 기괴하고 낯설다. 심지어 알렉시아가 몸을 벅벅 긁어대 피부가 찢어지고 거기서 기름이 흘러나올 때는 귀를 막고 눈을 감고 싶어질 지경이다. 실오라기 하나 걸치지 않은 몸이지만 거기에는 모터쇼 장면과는 달리 성적인 함의가 조금도 없다.

남자의 모습을 한 알렉시아가 소방차 위로 올라가 요염하게 춤출 때, 동료 소방관들은 누구도 욕망의 시선으로 알렉시아를 보지 않는다. 오히려 그들의 표정에는 경멸과 혐오가 서려 있다. 그러나 남이야 어떻게 보든지 간에 알렉시아는 차와의 전희를 즐길 뿐이다(이 부분은 모터쇼장의 댄스 신과 쌍을 이루는데, 돌이켜보니 그 춤도 남성 관객을 흥분시키기 위한 것이 아니라 자동차에 성욕을 느끼는 알렉시아가 자신의 욕구를 충족시키고 있었던 것이다). 출산 직전, 벌거벗은 몸으로 뱅상의 배를 베고 누운 알렉시아의 코밑에는 거뭇거뭇하게 수염이 나 있다. 가장 '여성스러운' 몸(부푼 배와 가슴)으로 가장 '남성스러운' 얼굴(짧은 머리와 수염)을 하고 있는 알렉시아는 존재 자체로 남녀의 경계를 허물고 있는 셈이다.

척추와 머리에 티타늄이 박혀 있는 아기. 여자이기도 하고 남자이기도 한 알렉시아가 기계와의 교접을 통해 낳은 이 기묘한 생명체는 '티탄'이라는 제목이 은유하는 대로 새로운 시대의 신족神族처럼 보인다. 그리고 엄마를 죽이며 태어난 이 반인반계半人半械를 마지막에 품에 안고 있는 인물은, 의미심장하게도 스테로이드주사로 자신의 남성성을 인위적으로 유지하는 뱅상이다.

이제 '젠더와 인간의 경계를 해체해 허물어뜨렸다'는 말이 무엇을 가리키는지는 대충 알았다. 하지만 여전히 내 머릿속에 안개가 껴 있는 이유는, 그 해체를 통해 이 영화가 어디로 나아가려 하는지 감을 잡을 수 없기 때문일 것이다. 명쾌한 정의, 딱 떨어지는 설명, 그런 게 있다면 머릿속 안개가 말끔히 걷힐까?

누군가 〈티탄〉이 어떤 영화냐고 묻는다면, 나는 아버

지의 관심을 갈구하는 사이코패스 연쇄 살인마가 친부를 살해함으로써 그 관계를 끝장낸 후 자신에게 애정을 주는 가짜 아버지와의 유사 부자(부녀) 관계 속에서 살인을 멈추고 새로운 인류를 낳는 영화라고 말할지도 모른다. 혹은 서로가 필요했던 두 사람이 만나 성별이나 혈연이나 과거사 등등에 구애되지 않는 강렬한 관계를 구축해나가며 구원에 이르는 영화라고도 말할 수 있을 것이다. 하지만 이런 앙상한 말들이 영화의 본질을 포착한다고 할 수 있을까? 단어가 명확할수록, 마침표가 선명할수록, 내가 붙잡고자 하는 것은 오히려 안개 너머로 너울너울 달아나는 느낌이다.

〈티탄〉은 분명 관객에게 친절한 영화가 아니다. 알레고리로 가득한 영화, 해설이 필요한 영화, 낯설고 불편한 영화다. 시네필도 아니고 예술영화를 많이 보지도 않은 나는 솔직히 말해 이런 영화들에 익숙지 않다. 하지만 그렇다 해서 '이런 영화'가 곧 보지 말아야 할 영화가 될 수는 없다. 불편한 형식을 빌려야 비로소 와닿는 것, 파격과 충격을 거쳐야 마침내 전달되는 것이 분명 있을 테니까(찍는 입장에서도 모든 것을 언어로 표현할 수 있다면 굳이 영화를 만드는 수고를 할 필요가 없겠지).

이렇게도 저렇게도 연결할 수 있는 모호한 알레고리는 관객에게 해석의 여지를 남겨 스스로 질문을 던지게 만든다. 뇌에 티타늄이 들어 있는 인물의 행위를 기존의 도덕적 잣대로 판단하는 것은 타당한가? 그 인물에게 연민이나 동정 없이 오직 혐오나 두려움만 느낀다면, 그것의 주된 원인은 그의 기이한 외양인가, 아니면 태연하게 사회의 규범을 부수는 행동인가? 그런 인물을 현실 세계에서 마주쳤을 때 나의 시선이 소방차 위에서 춤추는 알렉시아를 보는 소방관들의 그것과 같지 않으리라고 장담할 수 있는가? 〈티탄〉은 그런 질문을 던지는 영화였다. 그 질문에 대한 대답을, 나는 안개 속에서 더듬더듬 천천히 찾아보려 한다.

아름다운 시선 하나

이지수 번역가가 찍어준 사진을 소중히 간직하고 있다. 한 장은 우리가 처음 만난 날에, 나머지 한 장은 마음산책에서 계약서를 썼던 날에 찍힌 사진이다. 이 책이 완성되기 전까지, 딱 두 번의 만남이 있었구나. 그런데도 왠지 모르게 오래전부터 자주 보았던 것처럼 느껴진다. 아니, 사실은 처음 만났을 때부터 그랬다.

어느 봄날 오후, 나는 서점에서 곧 시작될 행사의 질문지를 살펴보고 있었다. 행사에서 나눌 이야기를 고민하고 있었다. 행사는 언제나 내게 긴장되는 일이었고, 특히 진행을 맡은 경우 더더욱 그랬기 때문에 준비를 철저히 해야만 했다. 그날도 역시나 긴장을 하고 있었는데, 이지수 번역가가 문을 열고 들어왔다. 인사를 나눴고, 행사가 시작되기 전까지 짧은 대화를 주고받았다. 그리고 금세 마음이 편안해졌다. 행사가 진행되는 동안, 나는 내가 이 행사의 사회자라는 사실조차 잊었다. 우리가 처음 만났다는 사실도 잊었다. 시간 가는 줄 모르고 그저 즐겁게 대화를 했다.

집으로 돌아가는 길에 이지수 번역가를 떠올렸다. 미래의 내 모습이 그와 닮아 있었으면 좋겠다고 바랐던 게 기억난다. 또 머지않은 미래에 이지수 번역가를 만날 수 있기를 바랐는데. 마침 이지수 번역가로부터 메시지가 도착했다. 따스한 인사말과 사진들. 그중에는 서점 밖에서 촬영한 사진이 있었다. 창문 너머, 책상에 앉아 종이에 무언가를 쓰고 있는 내 모습이 보였다. 나를 이렇게 보셨구나. 나를 아주 따뜻한 시선으로 봐주셨구나. 문을 열고 들어오기 전, 바깥에 서서 카메라를 들었을 그의 모습을 그려보았다. 나는 이지수 번역가의 시선을 통해 더 많은 것이 보고 싶어졌다.

운 좋게 함께 책을 쓸 기회가 생겼고, 내가 바랐던 것처럼 나는 그의 시선을 통해 더 많은 것을 볼 수 있게 되었다. 내가 본 적 없는 영화를 볼 수 있었고, 가본 적 없는 곳에 이를 수 있었다. 그뿐만 아니라, 우리는 서로를 모르던 때 각자 다른 곳에서 맞이했던 영화적인 순간들도 나눌 수 있었다. 나는 이지수 번역가가 혼자 극장에서 영화를 보았던 시간과 좋아하는 영화의 촬영지로 향하던 시간을 알게 되었다. 그가 삶에서 만났던 사람들과 그때마다 느꼈던 감정들을 느낄 수 있었다. 세상을 바라보는 아름다운 시선 하나를 더 발견한 느낌이었다.

나는 최근에서야 알게 되었다. 내가 영화를 통해 보고 싶었던 것은 이야기가 아니라 시선이었다는 사실을 말이다. 그러니까 타인이 보는 세상을 나도 보고 싶었다. 카메라가 그 일을 가능하게 해주었다. 이지수 번역가는 일본 유학 시절 사진 동아리 활동을 했고, 훗날 가마쿠라 여행을 가게 되었을 때도 그의 손에는 펜탁스 미슈퍼가 들려 있었다. 우리는 딱 두 번 만났지만, 두 번 모두 그는 나를 향해 휴대폰 카메라를 들었다. 그의 시선을 통해 나를 보는 게 좋았다.

내가 소중히 간직하고 있는 또 하나의 사진 속에서 나는 사진을 찍고 있다. 마음산책 건물을 나와, 건물을 향해 카메라를 들었을 때 찍힌 것이다. 붉은빛 벽돌의 건물과 푸른 하늘의 조화가 아름답다고 생각하여 카메라를 들었던 것이 기억난다. 이후 우리는 건물 주변 골목을 돌며 산책을 했다. 아주 짧지만 따스한 산책이었다. 글을 쓰는 내내, 이지수 번역가를 만나고 싶었다. 다시금 산책을 하고 싶었다. 산책 속에서 머무는 그를 향해 나도 카메라를 들고 싶었다. 이제 곧 책과 함께 그를 만날 수 있을 것이다.

2023년 가을

서이제